新潮文庫

できればムカつかずに生きたい

田口ランディ著

7298

できればムカつかずに生きたい　目次

1

十七歳の頃、なにしてました？　10
ひきこもりの心象風景　22
断層の向こうのお父さんたち　44
私はいかに父と和解したか　56
恨みつらみの晴らし方　67
春の陽をあびて蘇る　81
お母さんを守る子供たち　89
いじめってなんだろう？　99
プチ家出をする少女たち　115

2

できればムカつかずに生きたい　126
「わからない」を生きる　144
私の身体は誰のもの？　152
音のない世界の天才写真家　163
アイヌのシャーマンと出会う　171
ひかりのあめふるしま　屋久島　183
子供の力　198
閉じた世界と開いた世界——主体なき犯罪者たち　207
まっすぐな言葉の模索　221

3

寺山修司さんの宿題　234
インターネットライターへの道　244
学生のみなさま、ありがとう　254
私は父性を持ちたい　265
人はなぜチャットにハマるのか？　276
インドでは修行者、日本では変人の謎　289
人生を再編集する試み　297
悲しみのための装置　306

あとがき　314

文庫版あとがき　317

できればムカつかずに生きたい

1

十七歳の頃、なにしてました？

「十七歳の少年の凶悪《きょうあく》事件が相次いでますよね、それに関してはどんな風に思われますか？」

ということをよく質問される。

わからない。全くわからない。

私が子供の頃も、少年の凶悪事件はあった。いつの時代にも「前代未聞《ぜんだいみもん》」の凶悪事件は起こっていたように思える。「なぜ今」なのかもわからないし「なぜ十七歳」なのかもわからない。本当に「今、十七歳が危険」なんだろうか。そう論じていい特別な理由ってあるのだろうか。

「ぜんぜんわかりません」

と、正直に答えると、びっくりされる。でも、わからないんです、ごめんなさい。

しかし、あまりにもたくさんの方がたから「十七歳の心の闇《やみ》」について聞かれるので、私は自分が十七歳だった頃、何を考えていたのかについて思い出してみることにした。

さすがにこれならわかる、自分の事だから。


十七歳の時、一番嫌《きら》いな年齢は「十八歳」だった。十八歳にはなりたくないなあと頑《かたく》なに思っていた。だって、十八歳はもう大人なのだ。十七歳は少女で通用したけど、十八歳は女だと思った。子供として生きる最後の年。それが十七歳。大人を憎める最後の年、それが十七歳。十八歳になって、大人の仲間入りをしたらもう子供のように純粋に大人を憎めない。自分の純潔《じゅんけつ》さが失われるような気がした。十八歳ってすげえダサいって思ってた。

だから十八歳の誕生日はちっとも嬉《うれ》しくなかった。あー、なんかアタシももう大人かよ、って思った。つまんね～な～って。


十七歳の頃、私は自分の高校のクラス担任が嫌いだった。

私にはその先生の小悪党ぶりが許せなかった。タバコのヤニ臭くて、いつも鼻毛が出ていて、フケだらけで、常識だけを優先して、薄っぺらで、尊敬できるところが全くないって思っていた。

ある時、私のクラスの物理の試験の答案が盗まれた。採点前の全員の答案が忽然《こつぜん》と消えてしまった。仕方なく追試が行われた。ところが、その追試の答案も消えてしまった。二度も盗まれる学校側も間抜けである。開校以来のミステリーと騒がれた。

すると担任がホームルームで言ったのだ。

「みんな目をつぶりなさい。そして、答案を盗んだ者は手をあげなさい」

私はあきれた。そんなこと言ったって手をあげるバカがいるか、と思っていた。もちろん誰も手をあげない。すると担任はこう諭《さと》したのだ。

「実は先生たちは、誰が盗みに来るのかを物陰《ものかげ》に隠れて見ていたのだ。だから犯人を知っているのだ。いいか、自分から名乗り出たら穏便《おんびん》に済ませてやろう。だが、もし自ら名乗らなければ反省の色無しとして厳重《げんじゅう》に処罰《しょばつ》しなければならない。だから、どうか自分から名乗り出てほしい」

私はこれを聞いて脱力した。アホか。嘘《うそ》つくのもいいかげんにせえよ。それにもし本当に隠れて見てたのなら、盗もうとした時に止めるのが教師だろうが。あーもうほとほと大人というのは汚いと思った。こいつら腐《くさ》ってる。こんな嘘を、まるで正義と錯覚《さっかく》して生徒に話す大人はどうかしている。なんてえげつないんだと思った。

十七歳の私はこの担任の嘘にかなり傷つき絶望していた。十七歳ってのはそういう年齢だった。担任は私ではない。別の人格だ。でも、担任がずる賢《がしこ》いことをすると、それをまるで自分のことのように恥に感じて、怒り、吐き、絶望してしまう。他者のずるさや醜《みにく》さにいつも翻弄《ほんろう》されて、腹を立てて、自分が苦しくてたまらない。醜い大人、えげつない大人、愚《おろ》かな大人、小ずるい大人を見ると、自分の心が苛《さいな》まれて荒れ狂ってしまう。人は人、自分は自分なのに、十七歳の頃はどういうわけか大人の言動が許せなかった。大人たちの態度に傷つき、怒り、反発した。すべて他人事《ひとごと》なのに……。

十七歳の頃、初めて寺山修司さんに会った。

昭和の天才はめっちゃかっこよかった。凄《すご》い、って思った。寺山さんは覗《のぞ》きの容疑《ようぎ》でつかまったりするかなり変な大人だったけど、正直で純粋で真《ま》っ直《す》ぐだと思った。こんな大人は高校の先生の中にはいなかった。この人を見ていても、ちっとも苦しくならなかった。でも、なんだか会っているといつもせつなかった。寺山さんといると、自分が取るに足らないちっぽけな存在に思えた。ああ、あたしなんかてんでダメだ、この人に認められないって思った。

嫌な大人に会うと怒りまくり、凄い大人に会うとぺしゃんこになる。自意識が強すぎて自分の手に負えない。感情がコントロールできなくて苦しい。感情のあっち側からこっち側へ、ジェットコースターみたいに駆け抜けている。泣いたり、笑ったり、幸せの絶頂《ぜっちょう》に昇ったり、そうかと思うと死にたくなったりした。

十七歳の頃に両親が夫婦《ふうふ》喧嘩《げんか》をして、母親に連れられて家出して、親類の家に身を寄せたことがあった。二週間くらい高校も休んだ。母親は父の暴力に脅《おび》えてメソメソしている。

「母さんが離婚《りこん》したらあんたも母さんといっしょに来て働いてくれるね」

と母親が言う。

うっそ～！　と思った。母子で働いて苦労するなんて冗談じゃねえよと思った。私は私、あんたはあんただ。こりゃヤバイ、早く親に影響を受けない人生を生きねばと思った。もう親に振り回されるのはごめんだ。高校を卒業してこの家を出て行こう。そして自分で稼《かせ》いで好きなようにハレンチに生きてやると思った。

十七歳の頃、好きな男の子がいたけど、まったく洟《はな》も引っかけてもらえなかった。

夏にみんなでキャンプに行った。でも、どうしてもツーショットに持ち込めない。せっかく星降る高原に来ているのだから、ロマンチックに好きな男の子と夜を過ごしたい。みんなでカレーを作っているときも、歌を歌っている時も、私の頭は男のことでいっぱいだ。

でも、自分から誘うことは絶対にできない。私の自意識が私を許さない。私は男の子の前を行ったり来たり、用事にかこつけては男子のテントに出向いたりしたが、相手は知らんぷりである。ちくしょう。キャンプファイヤーの火が消えた後、連れ立って星を見に行く「両思い」の友達が羨《うらや》ましかった。

十七歳の頃、よく息を止めて死ねるかどうか実験していた。なんというバカな事をしていたのだろう。でも、やっていた。布団《ふとん》の中に潜《もぐ》って息を止めて、そのまま死ぬまで息を止めてみようと思うのだけど、死ねなかった。死ぬことにちょっとだけ憧《あこが》れていた。私が死んだら誰が悲しんで泣いてくれるかよく空想していた。

ものすごくセックスしてみたかった。

オーガズム＝快感というものに憧れていた。どれくらい気持ちいいもんなんだろうなあ、セックスって。マンガなど読むと女は失神するくらい気持ちいいらしい。男の子に体を触られるってどういう快感なんだろう。ああ、早くエッチしてみたい。と妄《もう》想《そう》を膨《ふく》らませていた。気持ちがやる気満々だから、十七歳の頃は体もめっちゃ感じやすかったんだな。今となっては「この程度か」と知っているので、あんなに感じない。「好き」って言われただけで、じーんって感電してた。若いうちのセックスは痛くても気持ちよかったもんな。

人間の体の中を見てみたいと思っていた。死体を見たいと思っていた。なぜなのかわからない。私は思春期の頃はずっと、人間の体の中がどうなっているのか気になっていた。手術を見てみたかった。内臓《ないぞう》はどんな風に詰まっているのか知りたかった。なんで内臓を詰めたまま自分が動き回っているのか不思議だった。

どうして私は私なんだろう。なんで私は生きているんだろう。考えるとクラクラするけど、とても知りたいと思った。私の生きている意味を知りたかった。誰かに「お前はこれこれこういうために生きているのだから」と説明してほしかった。この世の真理を知りたい。なぜ私が生まれたのか教えてほしい。そしたら頑張《がんば》れると思った。私の人生の意味は渾沌《こんとん》としていた。自分が何者なのかさっぱりわからなかった。

酒も飲んだし、タバコも吸った。なんとなくいつも寂《さび》しかった。よく一人だった。あの頃、楽しかったけど私は十七歳の頃にはもう戻りたくない。自意識が強すぎて生きるのが苦しかった。ちょっとしたことにグサグサ傷ついて、落ち込んで、恥ずかしがって、悩んで、本当にめんどくさい。もうあんな時代はごめんだと思う。

そんなことをメールマガジンに書いたら、十七歳の少年たちから何通かメールが来た。

メールを読んで、今の十七歳も同じようなことを考えて生きているんだなあって、ちょっと嬉しかった。いつだって十七歳は十八歳になりたくないみたいだ。

「ランディさん、僕も十八歳になりたくない」って書いてある。十八歳になること、というよりも大人になることにある種の恐怖《きょうふ》を感じている。それは自分の純粋さが失われる恐怖だ。わかるよ。このまま何もわからずに大人になって、自分はどうやってこの世界で居場所を見つければいいんだよ、って私もそう思ってたもの。

小学校でいじめを経験している子が多かった。そういう子が、中学になったら学校に行きたくなくなる。不登校してます、ってメール、たくさんあった。

思春期に入って体も劇的に変化してホルモンのバランスも崩れる。体が変化してい る時は心だって変化する。そういう変化の時期に「変化すること」はいけないことだ、と親から言われている。なんでだろう。変化しなかったら大人になんかなれないのに。

「親は俺が変わったって、泣いてるんです」

小学生が変化せずに高校生になるわけない。中学生は激変《げきへん》の時期なのに、子供の変化に大人がついていけない。不思議だ。変わることを経験しない大人は子供の変化すら受け入れられなくなるのかな。

不登校、そしておきまりの精神科。カウンセラー。

精神科に通っている……という十七歳たち。精神科しか行くとこないのかな。なんだか読んでいて苦しくなってしまった。カウンセリングルームに閉じこめて、彼らの何が変わるんだろう。思春期は変化の時だ。肉体も心も変容する。変容には熱と混乱がつきものなのに。

十七年間、生かされただけ。

そう書いていた男の子がいた。

でも私は「生かされただけ」と書くことができたその子の力を信じる。「生かされただけ」と文字にして、私に送ってきたその子の力をなんだか信じられる。きっと、けじめのつもりで私にメールをくれたんだと思った。そう言えたら、そう書けたら、超えていける。言葉はそんな力をもっている。書けばいいんだ、どんどん書いて、体の外へ呪縛《じゅばく》を解放しちゃえ、って思う。

私はいま、すっかり大人になっちゃったから「人は人だから」と思える。状況のなかでどう行動するかは個人の自由だ、と冷静に傍観《ぼうかん》できる。他人が自分に侵入してきて苦しむことはなくなった。だけど、十七歳の頃の私は、そうじゃなかった。「結局、大人は自分さえよければ人はどうなったっていいんだ」って思うと、それだけで苦しくて絶望してた。

自分と親とか、自分と社会との境界線が曖昧《あいまい》で、周りの人間が理不尽《りふじん》な事をすると、その理不尽さに自分が押しつぶされていた。そして、苦しんでた。それなのに、

「バカみたい。なんであんたは他人の事でそんなに怒るのよ」

って母親に言われて、殺してやりたいと思うほど憎んだことがある。

むなしくて、くやしくて、どうとでもなれ、と思って、

「ああ、あたしはただ生かされてるだけだ」

そう思うことで自分の心をしずめてた。


だけど、私は幸運な事に、かっこいい大人にもたくさん出会った。きっちりと自分におとしまえをつけて生きているような大人の男や女とも、思春期の頃に出会った。その人たちが、この社会のものすごい理不尽や、とてつもない不合理と体を張って闘《たたか》っているのを見せてもらった。すげえって思った。マジだぜコイツら、ってびびった。

その頃から、つまんないことで自分が絶望してちゃいけない、って思ったような気がする。

私がくだらない大人に絶望してスネてても、世の中をナメても、結局はそれは何の意味もない。優《やさ》しい奴《やつ》ほど図太くならなくちゃいけないんだな、ってそう思った。

子供の時は親の背中を見て育ってきたけど、思春期以降は赤の他人の背中を見て生きてきた。

他人の背中に育てられて、ここまで来たのだ。

少年を絶望から救うような、そんな背中をいま私はしているだろうか。

自信はない。だけど、きっと誰かは私の背中を見ている。そう思って生きている。

かつて私がそうだったように、いま、私も誰かから、この背中を見られているのだ。

私は初めて会った時の寺山修司さんの年齢《ねんれい》を超えてしまった。

今度は私が見られている。子供たちから。

ひきこもりの心象風景

新潟の幼女誘拐監禁《ようじょゆうかいかんきん》事件、そして京都の小学生殺害事件。二つの事件が「社会的ひきこもり」という言葉をにわかにクローズアップさせた。

インタビューを受ける際にこの二つの事件について質問されることが多い。だけれども、私はこの二つの事件には思い入れが強すぎて、短い言葉でまとめることができない。

私の兄も、これらの事件の容疑者《ようぎしゃ》のような「ひきこもり」の末に衰弱《すいじゃく》して亡《な》くなっている。両容疑者のライフヒストリーは兄と酷似《こくじ》しており、そして私はその兄の心の問題と幼少の頃から向き合ってきたのだ。

兄は私が知るかぎり、およそ三〇年もの長きにわたって自分の心と闘《たたか》ってきた。そして四三歳で亡くなった。その間に自立していた時期もある。行方不明になっていた時期もある。だが死ぬ前のほぼ三年間は雨戸を閉めて自室に閉じこもり、家庭内暴《かていないぼう》力《りょく》をくり返しながら昼夜逆転の生活をしていた。

二つの事件について考えようとすると、どうしても兄の姿がだぶってしまう。だから私は兄というフィルターを通してしかこれらの事件を見ることができない。それゆえ私の事件への感想は相当に偏《かたよ》っているとも言えるのだ。

こうして書いていても「兄」という言葉を使うことが私にとって生々しすぎるので、ここではあえて頭文字をとって「T」と呼ぶことにする。


私はTとは八歳違いで、大分年が離《はな》れていた。私が一〇歳の時にTは高校を卒業して就職《しゅうしょく》し家を出た。幼い頃のTの記憶が私にはない。

中学生の頃のTは気難《きむずか》しくてキレやすい少年だった。私はTにひどくいじめられたことを覚えている。どんなきっかけでTがキレて暴力をふるいだすのか私にはまったく予測できず、いつもTの存在に脅《おび》えていたような気がする。

Tが高校に入ってからは、私に対するいじめは減った。だが、母親に対する暴力は増加した。自分の思うようにならない時、Tは母に怒りをぶつけていた。それはとても理不尽な怒りだった。

我が家の父は船乗りだったために、一年の大半を海の上で過ごしていた。だから我が家は母子家庭のような状態だった。Tは子供の頃から酒を飲んだ父にずいぶんと暴力を受けたらしい。だが、その頃の事を私は知らない。

Tは小学校も三回ほど転校している。父の暴力が原因で母親が実家に戻ったりしていたためだ。Tは小さい頃から親類に預けられることも多かったという。父が家庭にお金を入れずに酒を飲んでしまうので、母が働かざるをえなかったかららしい。

私が生まれた頃は、父も少し年をとって家庭送金に手をつけるような事はなくなっていた。私はお金に不自由するという経験をせずに高校まで育った。だからTの生活史を理解するのは非常に難しかった。同じ家族でも生きた時代が違うのだ。

Tは「父親像」の再構築《さいこうちく》に失敗していた。父が不在であり、またTの周りには父親代わりになってくれるような親戚《しんせき》もいなかった。男性は、思春期に一度、父親像を壊《こわ》し、再構築するという過程を経ると言われる。Tにはハナから壊すべき父親像がなかったように思う。

私もTも、父の人格を把握《はあく》することに大変な困難《こんなん》を感じた。父は酒癖《さけぐせ》が悪かったため、酒を飲むと人が変わってしまう。言うことも変わってしまうのだ。どの父が本来の父なのか私にもTにも全く理解できず、私たちは混乱していた。しかも、父は飲んでいる時の自分像を把握していないのだ。

私たちは不安だった。父の世界がアルコールで歪《ゆが》んでいて、その歪んだ世界のなかで殴《なぐ》られたり、優しくされたりする。理解できない世界を無理やり共有させられた。だからとても現実が不安定だった。

Tは就職するが、翌年には仕事を辞《や》めて家に戻ってきた。それからは、家を出てはまた舞い戻り……の繰り返しだった。最も長く勤めたところで二年半。短い時は二日で辞めてしまう。

それでも、就職を繰り返していたのは、Tなりのふんばりだったと思う。なんとか家の呪縛《じゆばく》から離れて自立したかったに違いない。およそ二〇年の間、Tは家と社会を往復していた。

Tの具合がはっきりと悪くなったのは、三〇歳を過ぎた頃に中国人の女性との恋愛に失敗してからだった。土木建築の仕事で中国に渡ったTは、そこで一〇歳年下の女性と恋をする。その時にTはある錯覚《さつかく》に陥《おちい》る。

自分が金持ちでエリートの日本人である、という錯覚である。中国人の女性にとっては日本人＝お金持ちであり、Tは女性の期待に応《こた》えるべく彼女に毛皮や時計などのプレゼントを与えた。そして彼女の家庭に招待され、手厚く歓迎《かんげい》され、すっかり自我インフレーションを起こしてしまったのだ。

Tは恋人を日本に呼びたいと言う。そして私に保証人になってくれと言ってきた。

「お兄ちゃんは、自分が日本に帰って来たら住む部屋もない、定職もない貧乏人だって事を彼女にちゃんと伝えてあるの？」

と私が聞くと、彼は黙《だま》って首を横に振った。

「本当のことを彼女に話して、それでも彼女が日本でいっしょに苦労すると言うのなら保証人になる」

と私が言うと、Tは帰って行った。そして、Tはなんとその女性への連絡を断ったのだ。恋人に対して、黙ってばっくれたのである。

中国の女性からは人づてに私のところにまでTの消息を尋ねる手紙が来た。だが、Tはとうとう返事を出さずほったらかしにしてしまった。そして、後にTはこう言ったのだ。

「あの時は、母親がオレと彼女を引き裂《さ》いた」と。

この恋愛の挫折《ざせつ》はTの人生を大きく後退させた。Tはその後、非常に無気力になり、ますます仕事が続かなくなり、家から離れることができなくなった。

その後、Tはある日、忽然《こつぜん》と家から姿を消す。行方不明になる。

母親はあわてて捜索願いを出した。だけど私は、

「せっかく自分から出て行ったのだから、本人が納得するまで探してはいけない」

と母親に言った。Tの最後の決意のように感じたのだ。

二年後、警察からひょんな事でTの消息がわかったとの連絡があった。

Tはある工場で住み込みで働いていた。私は「お兄ちゃんに連絡をとってはいけない、そっとしておいてあげるように」と再三母親に言い聞かせたのだが、母親は心配のあまり我慢《がまん》できずTの職場に電話してしまった。

Tは、それから二ヵ月後に仕事を辞めて家に舞い戻って来てしまった。そして、家庭内暴力は悪化した。Tは母親によく怒鳴った。

「お前が悪い。お前がオレをダメにした。お前がオレの人生を全部邪魔《じゃま》してる」

この頃、父はどうしていたかというと、とうに船を降りていた。

だが、父はTと対決することをさけるように、自分一人で住み込みの仕事を見つけては家を離れて働いていた。よほどTと顔を合わせるのが嫌だったのだろう。

父はTの顔を見ると「男なら働け」としか言わない。

「働かない奴《やつ》は男のクズだ」と父は言う。そして飲んで暴れるのである。父の行動は十年一日のごとく変わらなかった。父はTに対して父親であることを放棄《ほうき》しているように見えた。そしてそんな父をTは心から憎んでいた。

六〇歳を過ぎると、さすがに父も家に戻って来た。

そしてTと母と父の親子三人の生活が始まった。この生活の中で、Tは父親と母親に対する憎悪《ぞうお》を日に日に募らせていったようだ。Tの状態は坂道を転がるように悪くなっていった。

この間、私は両親からTの家庭内暴力を相談されて、何度か保健所に行くように父を指導《しどう》した。と、同時にTをなんとかカウンセリングに通わせることができないかと手を尽くしたが、それによって見えたのは近代日本の精神医療《いりょう》の暗黒面だった。

保健所には何度も電話した。

が、実家の地域の保健所には精神病の知識のある職員がいないと言われた。そして「相談日というのがあって、その時は近所の精神科の先生が来てくれるから、その先生に相談するように」と指導された。

指定された日に父が行ったが、父は帰って来てから電話で私にこう言った。

「俺は専門家じゃないからよくわからんが、あの医者はダメだと思う」

私はあわてて、父の代わりに父が面談したという病院の先生に電話をした。すると当の医師が電話に出たのだが、すぐに父の言うことの意味がわかった。

かいつまんで言うと、医師はこのように言った。

「お話を聞いた限りでは、お宅のお兄さんは性格異常ですね。性格なんですよ、というのは一生治らないです。どうしても病院に入れたいというなら引き受けますか、本人が来てくれないと強制入院はできませんよ。三回くらい騒ぎを起こして警察沙汰《けいさつざた》になったら措置入院《そちにゅういん》ってのができますけどね」

目の前が真っ暗になったのを覚えている。

友人の精神科医に「実家の近所の通える範囲で信頼できる精神病院を紹介してほしい」と頼んだら、「皆無《かいむ》だ」という返事が返ってきた。まさかと思ったが、彼はこう言った。

「その地域は精神医療の暗黒大陸だ」

関東圏内《けんない》で信頼できる……という精神病院に片っぱしから電話したし、訪ねて行った。

さすがに推薦《すいせん》された病院の対応は親切だった。が、とにかく、現在の法律では、本人が自発的に病院に来ない限り、Tのような症状の人間を強制的に入院させる事は不可能なのだった。

私は何度かTに病院に行ってカウンセリングを受けてみないか、と持ちかけた。

だが、Tはかたくなに拒《こば》んだ。

「俺はどこもおかしくない。おかしいのはオヤジの方だ、連れていくならアイツを連れていけ」

そうこうしているうちに、Tと父の緊張《きんちょう》関係はだんだんと悪化して、一触即発《いっしょくそくはつ》状態になった。そしてある晩、ついに二人は殴り合い、近所を巻き込んでの大騒ぎになる。母親はヒステリー状態になり裸足《はだし》で家出して私のところへやって来た。

母は私に「いつかどっちかが殺される」と訴えた。「あの子は気が狂ってる」。

私はどうしていいものかわからず、自分が心理学を学んだ恩師《おんし》に電話をして助けを求めた。私のカウンセラーはこう言った。

「とにかく、ご両親と兄さんを引き離した方がいい。このままの状態でお互いのストレスが溜《た》まっていくと本当に殺し合うかもしれない。あなたの仕事部屋に兄さんを連れてきたらどうか？」

当時、私は渋谷に自分の仕事用のアパートを借りていたのだ。

「そして、あなたが時間をかけて兄さんにカウンセリングを受けるように説得するしかないだろう」

先生は、私のスーパーバイザーになってくれるという。

私は先生にカウンセリング料を払う契約をして、自分がカウンセリングを受けながらTを説得していく……という方法を選んだ。

そして約半年、私はTと過ごし、彼のうすら寒いような心象風景を垣間見《かいまみ》たのだった。

私のスーパーバイザーの臨床家《りんしょうか》が私に最初に言ったことは「とにかく黙って彼の話を聞きなさい。聞き続けなさい」ということだった。「話し続けていれば、人は必ず自分の言葉の矛盾《むじゅん》に気がついていくものだ」と彼は言った。

だから私はひたすらTの話を聞き続けた。だが、Tがもし他人だったら彼の話を距離をもって聞けたと思うのだが、Tは私のきょうだいである。彼が語る両親への恨みつらみはあまりにも手前勝手でわがままだった。だが、実は自分の心の中にも彼と同じ思いが存在する。

Tの話を聞き続ける事は自分の心の中にある両親や社会への満たされない思いと直面することだった。それはひどく気分の悪くなることだった。ムシズが走る……という言葉があるが、私はTの話を聞いているとムカムカしてきて、何か自分の中に眠っている凶暴性《きょうぼうせい》が目覚めてくるような、そんな気分になった。

Tは音楽や文学に関して優れた感受性を持っていたし、電話の応対や挨拶《あいさつ》などといった基本的コミュニケーションの能力もあった。だが、決定的に欠落しているものがあった。それは「構成力《こうせい》」だったと思う。

「構成力」という言葉が適切かどうかわからない。だが他にぴったりの言葉が見当たらない。Tには物事を「構成していく」という事がまるでできないように感じられた。

たとえば「ファックス用紙を注文する」「買い物に行く」「帳簿《ちょうぼ》を整理する」「掃除《そうじ》をする」というやるべき事があるとする。すると、普通は自分なりにスケジュールというものを立てて、効率よく全体的に自分にとって都合がいいように用事を構成してこなしていくものではないだろうか。

Tにはそれがない。少なくとも私のもとにやって来た頃のTには、物事を組み立ててそれに沿《そ》って行動するという力が欠落していたように思う。

Tはとりあえず目の前にあること、さしせまったことから始める。そしてそれに時間がかかって、他の用事ができなくなってもあまり気にしない。全体というものが彼には見えていないのだ。

当時、Tは二年にも及ぶひきこもりの生活の末に、基本的生活習慣を失っていた。昼夜が逆転の生活。不規則な食事。まともな食事というものを摂《と》っていなかったようだ。主食はスナック菓子などのジャンクフードとコーラ。

雨戸を閉めきったまま昼間は部屋に閉じこもり、夜になると起きだしてテレビやビデオを観《み》たり、夜釣りと称して外出していたりしたらしい。

すでに事故をくり返して車を破損《はそん》していたTは車を持っていなかった。これは不幸中の幸いだったかもしれない。もし彼が車を手に入れていたら、確実に人身事故を引き起こしていたと思う。

このひきこもり生活で、Tの体力は低下し、彼はまともな食べ物を食べると吐いた。野菜などはほとんど摂取《せっしゅ》していなかったらしい。風呂《ふろ》には二ヵ月に一度くらいしか入らない。身体《からだ》は吹き出ものだらけだったし、歯を磨《みが》かないため歯は溶けてなくなっていた。

たぶん、このような刺激《しげき》の少ない単調な生活が、Tの脳になんらかの影響を与えていたのだろうと思う。彼は非常に鈍く、正常な判断力を失っていた。反応が悪く、自分の考えを堂々めぐりしていて新しい考えに至れない。

脳の神経細胞が減少しているような感じ。物忘れが激しく、痴呆《ちほう》のようだった。もしかしたら、栄養不良のために脳も萎縮《いしゅく》していたのかもしれない。CTを撮影《さつえい》したわけではないので確証はないが、かつてのTは、多少の情緒不安定ではあったものの、判断能力や構成力を有していた。

ところが二年にも及ぶひきこもりの生活が、彼の脳に悪影響を与えているように感じられた。精神の病というよりも、脳そのものが弱化している感じだ。

彼は自分の部屋にひきこもっている間に、ある一つの考えだけをくり返しくり返し呪文のように唱え続け、彼の脳神経はその回路だけが太く強くなり、あらゆる思考はこの強力な暗示に結びつくようになっていた。

それが、すべては「親が悪い」だった。

Tの話を聞いていると、彼が親に感じている恨みの質が父と母では違うことがわかった。

母に対しては「あいつがいつも俺の邪魔《じゃま》をする」と言う。しかし、この言葉の裏には別の意味があるようだ。

母はTが子供の頃、Tを親戚《しんせき》に預けていたためにTに対して「可愛《かわい》がってあげられなかった」という強い罪悪感を持っていた。そして、小さな子供だったTに対して償《つぐな》いをしたいと思っていた。これは母から直接に聞いた話だ。

そして母は、子供だったTに対する償いを、大人になったTにしているのだ。もうTは子供ではないのに母にはそれがわからない。

Tはそれに反発しながらも、心の底には「母親に愛されたい」という強い願望があるらしい。それは子供の頃にかなえられなかった欲望の残滓《ざんし》だ。だから、いつも無意識的に「母親が望むことをしよう」とする。

この二人のゆがんだ思いが微妙に錯綜《さくそう》する。

母親は小さな子供に望むような思いをTに対して抱いている。もちろん無意識的にである。ところがTは母親のその願望をこれまた無意識的に読み取り、それに応《こた》えようとするのである。

母は本当はTがずっと自分のそばにいてくれたらよいと無自覚的に思っている。その思いをTは読み取り、それに対して同じように無自覚的に応えている。ところが、母親の意識は「家にばかりいないで働きなさい」とTに言う。Tとしては母親の望みを読み取り満たしているのに、それを母親が評価しないどころか文句をつけるので、母親に対して裏切られたという思いが炸裂《さくれつ》し、それが暴力に結びついていくようだった。

Tと母の間には、意識の表ゲームの陰に、無意識の裏ゲームが展開していた。それが父の介入によって混乱し、その結果、お互いが何を望んでいるのか、欲しているのかが見えなくなり、めくらめっぽうお互いを傷つけあっているような状態だった。

Tの父に対する思いは、私はあまり理解できていない。

それは私が女だからかもしれない。男の子が父親に何を望んでいるのか、それが私には実感として読めないのだ。

だが、想像するに、Tが父に望んでいたものは「母親との切断」だったと思う。父が不在の家庭で、子供に罪悪感を感じている母に抱き込まれたTは、母との関係を切断し自立していくために父の力が必要だったのだと思う。

父は酒を飲んでいない時は非常に判断力の優れた男性的な人間である。しかし、一度酒を飲んでしまうと、まったくトンチンカンで愚劣《ぐれつ》で始末に負えない人間に変貌《へんぼう》してしまう。行動はハレンチ極《きわ》まりなく、言動は支離滅裂《しりめつれつ》、そして口汚く他人を愚弄《ぐろう》して暴力を振るう。問答無用である。

Tは父が酒を飲んでいる時も、必死で父と闘っていた。正常な意識のない酔っ払いの父親に向かって自分の思いをぶつけていた。だが、父は酔いから覚めると自分の行動もTが言った事もすべて忘れてしまうのだ。

酔ってTを愚弄し、殴りつけたことも、「よしわかった、俺はこれから酒はやめる」と約束したことも、すべて忘れてしまう。何もなくなる。

この父の態度は、Tをひどく傷つけ無気力にさせた。

彼はいつしか父を憎むようになった。当然の結果かもしれない。しかし父はなぜ自分が憎まれているかも知らないのだ。そしてシラフの時だけTに説教をする。Tはそのような父を心の底から憎み、憎むことを原動力にして、何度か母親からの離脱《りだつ》を試みる。

だが、父は母に対しても酔うと暴力を振るう。そして母親はそういう時、Tに助けを求めるのだ。

Tは私に語った。

「俺がいなくなったら、お袋は親父《おやじ》に殺されるよ」

この時、母はTと父の確執《かくしつ》の間に入ってノイローゼ状態。血圧が上がって危険な容体だった。にもかかわらず、Tは心情的には母を守っていたのである。

Tの話はいつも同じ結論に達する。

「俺は親父を殺さないと何も始まらない」

彼は弱化した脳細胞で繰り返し繰り返し「親が悪い」と自己暗示をかけ続けた。その結果として彼の脳は「だから殺せ」という結論を導き出した。

だがそれは彼の意識の表ゲームであって、無意識の裏ゲームでTが最も望んでいたのは「父親に受け入れられること」だった。

父は条件付きでしかTを愛そうとしなかったのだ。海の男を自認する父にとって自分の長男は男らしく逞《たくま》しい男でなければいけなかった。だが彼の息子は彼の都合に合わなかった。当たり前である。Tは海から遠い関東平野の新興都市《しんこうとし》で育ったのだ。しかも父不在で。

Tは怒りと暴力で、自らの存在を父に認めさせようとしているみたいだった。Tのイメージの中で父はいつも凶暴で大きかった。だが、現実の父はすでに年老いて、Tの恐るべき暴力の前に脅《おび》える老人になっていた。その判断能力すらTは失っていた。

結局、Tと父親は三回ほど殴り合いの騒ぎを起こした。そのうちTが暴れたのは二回。直接的に父親には暴力を振るっていない。暴れて家の中を壊しただけだ。だが、父にとってそんなTはすでに理解を越えた恐怖の対象になっていた。

そしてある晩、父は突然錯乱《さくらん》して、寝ているTの部屋に乱入し暴れ、ガラスの破片でTの腕を切りつける。父親にとってTはそれほどまでに恐怖の対象になっていた。父に切りつけられたTは私が駆《か》けつけた時も血だらけのままガタガタと脅え震《ふる》えていた。小さな子供のようだった。

Tも父親も、完璧主義者《かんぺきしゅぎしゃ》で粘着質《ねんちゃくしつ》だった。ストレスをためやすい性格だった。父がアルコールに依存していなければ、Tは父への信頼感をもう少し育てる事が可能だったかもしれない。だが父親はストレスから逃れるために酒を飲んだ。それが、子供に別のストレスをかけていることなど考えもしなかったのだろう。ストレスの連鎖《れんさ》だ。

Tが亡《な》くなる前、Tの話は前後の脈絡《みゃくらく》がなく、未来に対する展望は皆無《かいむ》だった。Tは、

「自分だけの部屋が欲しい」

と言った。

「今欲しいのはそれだけだ。ゆっくりと音楽が聞けて本が読める自分だけの部屋が欲しい」

「その後はどうするの？　家賃を払わなければいけない。生活するのにだってお金がいる。そのお金はどうするの？」

そう質問しても、Tには答えられない。彼の心の中で、あらゆる事象は繋《つな》がりがなく、ただぽつねんと孤立して存在する。

生活とは自分を社会の中に位置づけて世界をひとつのまとまりとして考えることで成り立つ。だがTの心は、バラバラの事象を生活するために構成することができない。すべてのコラムが散在している。とりとめのない、茫漠《ぼうばく》とした心象世界にTは生きていた。

それは、ひどく寂《さび》しい、孤独な世界だった。

「ああなればこうなる」という考えが、彼には浮かばない。そういう能力が脳から欠落している。脳が萎縮《いしゅく》しているのかもしれない。そして、ただ一つの強い暗示、そこだけ神経細胞が太くなっていて、その考えから抜け出せない。

「すべては親のせいだ」

Tは私のもとに来てから、親のストレスから解放され、そして規則的な生活を送るようになって若干体力を回復した。と同時に、繰り返し繰り返し自分の思いを語るうちに、自分の言葉によって刺激《しげき》を受け、自分の考え方に疑問を持つようになっていったようにも思える。

ある日、忽然《こつぜん》と彼は黙って消えた。そして死体で発見された。

その失踪《しっそう》の意味は私にはいまだにわからない。失踪するほどのパワーを回復していたとも言える。それとも、Tは私の心を読み取り、それを満たそうとしたのかもしれない。確かに私は心のどこかでTの存在を負担に思い「消えてくれればいいのに」と思っていた。

一見、Tの行動はわがままで自分勝手に見える。だが、彼の心象世界の中では、Tはいつも誰かの気持ちを読み取り、それに合わせて行動しようとしていた。もちろん、彼の行動は不完全で思い入れが強いため、試みは失敗に終わる。誰かのために生きても見返りは少ないどころか、かえって恨まれる。

自分で決断した事がうまくいかない時、Tは人よりもずっと不安に陥《おちい》る。そして、不安のあまり「親が悪い」という結論に達する。

Tは常に他者からの評価を求めていた。それが与えられれば元気になるが、思った評価が得られないと不安のどん底に落ちて行く。それが他者にとってはうっとうしく感じられる。だから次第に友人が減る。そして孤立していくとますます評価を受けていないと感じ不安になる。不安はストレスを生み、そのストレスに自分が潰《つぶ》れていく。

Tにとって一番つらかったのは「本当はどうしたいの？」と聞かれる事のようだった。あらゆる人が彼にそれを聞く。だが、彼はその言葉を聞くたびに発狂しそうなほど不安になる。何もないからだ。自分の中に何もない。できれば、好きな音楽と本に囲まれてのんびり暮らしたい。

そう答えると「だったら働け」と言われる。この世界では働くことと自己実現が一致しないと非難《ひなん》されるのだ。本当に好きな事とは働いた見返りとして与えられるかのごとく考えられている。

それでもTは、いつも誰かの心を読み取ってそれを満たそうとしていた。あまりにも不毛なコミュニケーション。そのようにしか生きられない。本当の自分を生きられない。Tは死ぬまで、自分が何をしたいのかわからないと語っていた。

Tの死後、父は劇的《げきてき》に変わった。父は今年七〇歳だが、人間の精神は七〇歳になってもなお、変化し成長を続けることができるのだ、ということに改めて感動《かんどう》した。老いた父は時間をかけながらTの死の意味を問い、そして自分の生き様を問うている。もちろん、父のもっている素養《そよう》そのものが変化するわけではない。酒をやめたわけでもない。だが、明らかに父はTの死を超えて自分の生の意味を模索《もさく》している。息子の死を超えて自分がどう生きればよいかを逡巡《しゅんじゅん》していた。

Tの後を追うように母親も亡《な》くなった。そして父と私が残った。残された二人は自分を生きることに懸命《けんめい》だ。自分を生きないことの悲惨《ひさん》を目の当《ま》たりに見てきた私たちは、お互いの傲慢《ごうまん》を良しとする。結局、私は家族から生き方を教わっている。

私も父も、死者について考える事をやめる事ができない。そして、知らず知らずのうちに死んだ家族と共に生きている。私はTについて考えそれを小説に書いた。ずっと彼の心について考えているうちに、どこかでTとシンクロしてしまったような気がしている。

父も死んだTや母のことを考えながら暮らしている。死者を弔《とむら》うというのは、もしかしたら生者の中に死者の死を生かすことなのかもしれない、と思ったりする。

私はたて続けに家族を失ったけれど、彼らの死を自分のなかに受け入れその意味を考えることで世界の陰影《いんえい》がより濃《こ》くなったように見える。

あの粗暴な父ですら、そのことを感じているようだ。

断層の向こうのお父さんたち

年金を受給できなかった男性が、市役所に行って年金担当の公務員を刺《さ》す、という事件が起きた。翌日の新聞で、刺された男性が亡《な》くなられたことを知った。亡くなられた方はまだお若い方だったようだ。御家族はどんなにおつらいだろうと思う。やりきれない。

私は、こういう事件を聞くと、奇妙な不安に襲《おそ》われる。というのも、その加害者が自分の父親とダブるからだ。加害者は犯行当時、酒臭かったそうだ。私の父もすこぶる酒が好きである。というよりもアル中に近い。

まだ母や兄が生きていた頃、私は朝のテレビニュースで、「茨城で家庭内殺人、酔った父親が一家を惨殺《ざんさつ》」なーんていう報道がされやしないかと、わりと本気で心配していた。私の家族は父と兄の確執《かくしつ》を中心に、諍《いさか》いや警察沙汰《けいさつざた》が絶えなかったのだ。

ありがたい事にと言うべきか、とにかく私と父を除《のぞ》く家族はみんな先に死んでしまった。事件にならずに穏便《おんびん》に死んでくれた。私は自分の家族の半分が死んだ事は悲しいけれども、殺し合わずに死んでくれた事には心底ほっとした。

そして、父と私が残った。

父は、今年六八歳になる。若い頃は遠洋マグロ漁業船《ぎょぎょうせん》の乗組員だった。私が物心ついた頃には、父は一年の大半を外洋で暮らしていて、私には父との記憶がほとんどない。そのため、私は長いこと、父を理解できず、苦しんだ。

父を除いた我が家族は、父の多額の仕送りでけっこう平和に普通に暮らしていた。父だけが別の文化に所属していて、言葉も価値観《かちかん》もまるで違った。だから父が家に帰ってくると家族はひたすら混乱した。

父の言葉というのはヤクザみたいだったし、彼の好んで使うフレーズたるや私には全く理解できない言語体系のなかに位置していた。たとえば「板子一枚下は地獄の海よ」とか「宵越《よいご》しの金は持たねえ」とか「このアマふざけやがって」とか「俺の支配でやる」とか……である。

私はごく普通の中学生で、同級生の大半はサラリーマンの家庭の子たちだった。その私の生活に、いきなり「海の男」である父親が乱入してくるわけである。日常生活に突然「暴走一番星」とか「網走番外地」な世界が展開される……ような感じなのだ。そして父は、猛烈《もうれつ》に酒癖《さけぐせ》が悪くて、飲むと暴れた。目がすわって顔色が真っ青になり、汚い言葉で誰かれかまわず罵倒《ばとう》し、愚弄《ぐろう》し、その言葉の卑劣《ひれつ》さたるや悪魔《あくま》が乗り移ったのではないかと思われるほどだった。

そして刃物を持ちだし、家族を脅し、隣近所《となり》を驚愕《きょうがく》させた。

まあ、そういう父親だったので、私は父親が大嫌いだった。思春期の少女にとって、この父は刺激的すぎる。

ある程度の距離をもって、この不思議な父というキャラクターを分析できるようになったのは、ようやく三五歳を過ぎた頃からだった。私はその頃から、書くことを職業にしようと決めたので、父の人生を「書く対象」として捉《とら》え直し取材しようと思ったのだ。

で、ことあるごとに酔った父親に根掘り葉掘り話を聞きだした。それによって、私は三五年間知ることのなかった、父の人生の断片をかいま見ることになった。それは本当に断片でしかない。だが、父の人生の一コマであることに変わりはない。

父の記憶は父の父、つまり祖父との思い出から始まる。祖父は裕福《ゆうふく》な酒屋の三代目だったが、放蕩《ほうとう》が過ぎて家を破産させた。父は長男なので、家が裕福だった頃に生まれている。そして四歳の頃から貧乏のどん底に落とされる。

破産した祖父は下田の漁師になるのだが、その祖父のスパルタ教育は虐待《ぎゃくたい》に近い。父は子供の頃に祖父から川に投げ捨てられて溺《おぼ》れたことがあるらしい。

なぜ捨てられたのか理由ははっきりしない。しかし、父の妹が「流れの早い川に泳げない兄さんを放り込んで、近所の人が飛び込んで助けてくれたのよ。でも、あの時、誰もいなかったら死んでいたかもしれない」と証言しているのだから、本当の事なのだと思う。

私は父を二面性のある性格の人間だとずっと思ってきた。父は突然キレる。まるで豹変《ひょうへん》したように凶暴《きょうぼう》になり、怒りだす。優しい時は気持ち悪いほど優しくて猫なで声を出す。でも、ある瞬間《しゅんかん》からコロリと凶暴になる。家族には父が何をきっかけに怒り出すのかちっともわからない。だから、家族はいつも父の顔色を窺《うかが》っておびえていた。

でも、私はこの「川に捨てられた話」を聞いた時に、なぜかふと、父は二面性があるのではなくて「パニックに弱い」のではないかと思うようになった。父という人間は他者との関係性の中でストレスを感じると、いとも簡単にパニックに陥《おちい》るのだ。

そう思って考えると、父が発作を起こして怒りだすのは、誰か他人との間でやりとりがあって、自分の思うようにならない時がほとんどだった。あれは、他者との関係性に不安を感じて起こるパニックだったのではないかと、最近になって思うのだ。

また、父は彼の弁によると学校の教師に「そそのかされて」軍隊に志願《しがん》する。私の父は「戦争に行けなかったお父さん」である。終戦間近に志願兵として予科練《よかれん》に入った。七つボタンの精悍《せいかん》な写真がある。「軍隊に行くのは男の甲斐性《かいしょう》だ」と教師から言われ、おだてられ、父が言うところの「歓呼《かんこ》の声に送られて」出征《しゅっせい》したそうだ。

ところが、軍隊ってとこは、これまたスパルタなところだったらしく、父はそこでも正義という名の暴力を受けながら、終戦まで暮らしたらしい。

父は十人兄弟の長男なのだが、父の弟たちはみな「兄さんは軍隊と同じ事を俺らにした。よく、歯をくいしばれ、と言われて並んで平手打ちを食わされた」と言っていた。

戦争が終わって生き残って帰って来た父は、下田の町でもけっこう有名なチンピラになった（本人の弁）。職を転々として、仲間とつるんで酒を飲み、喧嘩《けんか》をし、肩で風切り幅をきかせていたようだ。しかし、不況の時代、放蕩が長く続けられるはずもない。

そんな折、父は五歳年上の私の母親と知りあい結婚して、すぐ子供が生まれる。父は「子供なんかぜんぜんかわいいと思わなかったな」と私に言った。それは正直な気持ちだろうと思う。父親になったとき、父は二二歳のチンピラだったのだ。

見栄《みえ》っぱりだった父は、当時、景気のよかった遠洋マグロ船に乗り込む。マグロの大群をつかまえて一攫千金《いっかくせんきん》、一旗揚げるつもりだったそうだ。が、あまり運のいい方ではなかったらしく、父がマグロの大群とぶつかることは、十年の遠洋生活で一度もなかった。

「遠洋に行ったらな、狭い船の上で気の荒い男どもがいっしょに暮らすんだ。頭が変になる奴《やつ》も出てくる。朝、起きたら一人足りなかったことがあったよ」

と父は言っていた。

殺人なんか簡単にできる、と豪語《ごうご》する。マグロを入れる冷凍庫に死体を凍らせて三ヵ月も操業《そうぎょう》してたこともあったそうだ。そういう世界に父がなぜすき好んでずっといたのか、私にはわからない。

父は人間不信な男で、私にいつも、

「人間を信用したらいけないぞ、人間なんてのは金がからめばどんな汚い事でもする。いいか、信じられるのは自分だけだ。絶対に人間を信用しちゃいかん。俺はお前の事だって信じてはいないからな」

と吠《ほ》える。

私にはとうてい考えられない価値観で、私は父のこの言葉を聞くたびに吐き気がしたものだが、今となっては父のこの人間不信は、長い遠洋漁業の生活のなかで培《つちか》われたものかもしれないと思えるようになった。


三年前、母に先立たれた父を正月に我が家に呼んだ。私はなるべく父とは距離を置いて暮らしているのだが、さすがにこの正月、母のいない家に父を一人っきりにするのは忍びなかったのだ。母の死は心底こたえたらしく、父の精神状態は以前にも増して不安定でゆれていた。電話のたびに違う事を言う。興奮《こうふん》していて、同じ話をぐるぐると何度でもしゃべる。

私はここ二〇年ばかり、父と一週間以上いっしょにいた事はなかった。だが、どうしても父をほっておけなかったのだ。

ところが、約束の日、父は待てど暮らせど来ない。心配してヤキモキしていると、ようやく夜の八時頃に酔っぱらってやって来た。朝早く実家を出たはずなのにどうしていたのだろうと聞いてみると、上野で飲んでいたという。

「飲むのならうちに来てから飲みに行けばいいのに」

と私が言うと、彼はこう言う。

「上野にな、昔からよく行く飲み屋があるんだ。汚い飲み屋だ。『大統領《だいとうりょう》』って言うんだけどな。そこに行って、一人で飲んでいると、なんだかほっとする。同じ匂《にお》いの人間がいるんだよ。俺みたいなヤサグレが。そういう奴らがみんな一人で飲みに来てる。なんだか、そこに行くとほっとするんだよな」

私はその『大統領』で一人でモツをつまみに飲んでいる父の姿が見えるようだった。確かに、私の家は父と同じ匂いがしないだろう。父はどこか違和感《いわかん》を感じているだろう。上野のドヤドヤした、男臭い飲み屋。そこに自分の居場所を感じる父の、その居場所はいま社会には少ない。

老人福祉が充実しても、父には行き場所がないらしい。

「介護センターに行ったけどな、ありゃあ姥捨山《うばすてやま》だよ。俺は嫌だね。なんだありゃ、人間の行くとこじゃねえ」

どこもかしこも福祉と名のつくところはいやったらしくて反吐《へど》が出るそうだ。市からゲートボールの誘いが来るそうだが、ちゃんちゃら可笑《おか》しくてヘソで茶をわかす、と言う。

「俺はよ、このあいだ福祉課に五万、寄付してやったぜ、ぎゃははは」

と父は電話で言った。父の抵抗なんだろう。

父は社会と自分との断層に愕然《がくぜん》としている。

そして猛烈《もうれつ》にノーを言う。時代が急激に変動した時に船に乗って外洋で暮らしていた父は、言うなれば現代の浦島太郎のような男だ。そして、父の美学、父の価値観と、現代という社会が父に求めてくる「老人像」はあまりにもかけ離れていて、父にはそれが喜劇にしか見えないらしい。

私と父の間にも、世代的にも心情的にもあまりに大きな溝《みぞ》がある。

父が生きてきた時代と私が生きてきた時代、重なっているはずなのに別の世界の出来事のようだ。高度成長、技術革新、情報化が父と私の間に巨大な断層を作った。

たぶん、この年代の男たちは、多かれ少なかれこの断層を埋める事に、本当に困難を感じているのではないだろうか。社会はあまりに急激に変化した。そして人間関係も。

結局、今年の正月、父は我が家に六日いて、最後の日に朝から大酒を食らって酔っ払い、私に喧嘩《けんか》を売って夜中に家を飛び出して帰って行った。こうなることはわかっていたので、私もあまりあわてなかった。父はこんな形でしか自分の気持ちを表現できない。

もう限界だったのだ。父は帰りたかったのだと思う。自分の匂いのする場所に。断層の向こう側の自分の世界。その事がわかるようになってからは、父の理不尽《りふじん》に対する怒りは消えた。


市役所の年金担当者を刺した初老の男性は、どんな生い立ちだったのだろうと考える。なんとなく父と同じ匂いのする人間なのではないかと、そんな気がしてならない。私の感傷かもしれない。単なる憶測《おくそく》だけど、なんだか断層の向こう側のお父さんのような気がしてしょうがない。

上野公園で段ボール生活をする人を見ても、父と同じ匂いを感じる。もちろん、プライドの高い父は「俺は金は持っている、世の中は金だよおまえ。金のないやつあ本当にみじめだよ」と言って、ホームレスをバカにするけれど、でもどっかしら同じ匂いを感じてしまう。

私ですらようやく理解できる父の心性を、今の若い子たちがわかるはずもない。酒臭い息をさせて、目ですごむような男のスタイルを、今の子たちがわかるはずもない。けれども、彼らがそのような生き様を選択するには、それなりの人生があったのだと思う。

自分を演出するスタイルの奇異《きい》さを取り除けば、父もまた普通のありふれた人間である。その事に気がつくのに、なんという長い時間がかかったことか。父は、自分の経験をもとに、彼なりの誇りをもって、自らのスタイルを確立していたのである。

私が長年、父とわかりあえなかったのは、父のスタイルを軽蔑《けいべつ》していたからだ。彼が誇りをもっているその生き様や価値観を、私は汚いものを見るように軽蔑していた。父は私の生き方を軽蔑したりはしなかったのに。

まだまだ、子供から軽蔑されている父親が、たくさんいるのだろうなあと思う。その生き方や価値観があまりにも時代錯誤で奇異なので、子供から疎《うと》まれている父親がたくさんいるのだろうなあと思う。

私は、ようやく気がついたのだが、ずっと父に「サラリーマンのような普通のお父さんになってほしい」という幻想をもっていて、そしてそうではない父を心のどこかで軽蔑し続けてきたのだ。そのことは今、はっきりわかる。

父のやることとなすこと、恥ずかしかった。私を苦しめた。なぜだろう。父は私ではない。私と父は別々の存在なのだ。遠くかけ離れた、まったく別個の人格なのに。私は父が何かをしでかすたびに、自分の事のように苦しんだ。私は何に苦しんでいたのだろう。それは、とりもなおさず、私の父への「願望」に私が縛《しば》られていたから苦しかったにほかならない。

父はまだ六八歳だ。この年代の男たちが、日本にはたくさんいる。私と父のたかだか三〇年の断層。だが、この三〇年は三〇〇年にも匹敵《ひってき》するほど大きい。巨大な社会地殻変動《ちかくへんどう》の時代に生まれてしまった、お父さんたち。戦争を経験し、高度成長を支え、そして時代遅れになっていったお父さんたち。いろんなお父さんたち。たったひと世代なのに、私にはお父さんたちがとても遠く感じる。そのことが彼らの次世代としてとても痛い。

彼らの価値観、彼らの美学、彼らのスタイルを認めないと、本当に彼らが生きてきた労をねぎらうことは、できないかもしれない。

私はいかに父と和解したか

「なぜランディさんは、自分の家族を許せたのですか？」

というような質問メールを、読者からとてもたくさんいただいている。

「私はこの年になっても、どうしても自分の家族（特に父）を許すことができないのです。なぜあなたは家族と和解できたんですか？」


この質問に答えるのは、すごく難しい。

これまでも繰り返し書いてきたように、私の家族は問題の多い家族だった。ひきこもりの兄は家庭内暴力を振るい、年老いた父母のすねを齧《かじ》り続けていた。父は酒を飲むと前後不覚《ぜんごふかく》になり口汚く家族をののしり、母親に暴力を振るう。

母は父と兄の両方から暴力を受け、ノイローゼになって「もう死にたい」と電話をかけてくる。この「もう死んでしまいたい」という電話と、父が酔っ払ってかけてくる愚痴《ぐち》と説教の電話に出るだけで吐き気がして気が狂いそうになる時期がずいぶん長くあった。

自分の母親から「もう死にたい」と電話で訴えられるのは辛《つら》く、そして腹立たしいものである。母親はその言葉によって私がどれほど傷ついているか想像する余裕がない。そこにもってきて、父親は自分のていたらくを棚上げして、酔っ払っては「お前、人生はそんなに甘いもんじゃないよ」みたいな説教電話をしてくる。

兄はと言えば、そんな両親に寄生しているくせに、家の中で王様のようにいばり返り、自分が働きもしないで父母を恨み非難してばかりいる。「そんなに文句があるのなら家を出て働けばいいのに」と思うのだが、口だけは偉そうだが働こうとしない。

そういう家族とぐろぐろになりながらもいっしょに生きてきて、それでも私は家族に苦しめられた……という実感はあまりない。三〇歳くらいを境にして、家族への恨みつらみが急激に衰《おとろ》えた。いや、急激に衰えた……というよりも、忘れてしまった、という方が適切かもしれない。ある時から私は家族のことを忘れるようになった。これが私の一大転機だったように思う。

二〇代の頃は、どんなに遠く離れていても、時々ふっと家族の事を思い出したり、母親から愚痴の電話がかかってきたりすると、それだけで血圧が上がって心臓がバクバクして、怒りと悲しみがごっちゃになったような奇妙な感情があふれ返ってきたものだった。

三〇代に入ってから、私は「家族との関係を止《や》める」という悲壮《ひそう》な決意をした。というのは、それまで続けていたカウンセリングによって、もしかして私が「がんばりすぎていることが家族をさらに混乱させているのではないか？」と考えるようになったからだ。

私は「私がこんなにしているのに」という気持ちをもっているので父や母に対してよけいにいらだっていた。また「私だけが父や母の愚痴を聞いているのに、兄は自分勝手に生きていてずるい」と思っていた。「私だけが貧乏クジを引いて家族から迷惑をかけられているのに感謝されていない」とも思っていた。

だから、私は「家族を救うためにはどうしたらよいのか」を学ぼうと思い、それによって家族を変えようと考えていた。ところが、どうやら変わるべきは自分であることに気がついてしまったのだった。

ある日「私がこれほどがんばっているのに」という私のガンバリズムは、もしかして暗黙のプレッシャーとして家族も自分も苦しめているのではないかと思うに至る。もちろん、その考えに至るのに四年かかっている。それで、私は「家族のためにガンバルのを止めてみよう」と思った。私のやっていることが裏目に出ているのならがんばったり苦しんだりする意味がない。

たぶん私は自分が「ガンバル」ことを通して親にアピールしていたんだと思う。「私はこんなにいい子なんだから私を見て私をほめて」。それなのに、一向に私を認めようとしない親に腹を立てていた。私が親の愚痴を聞いたり家族の間に入って家族をまとめようとしてきた事は、本当は家族のためではなかった。

ただただ、自分が「いい子」を演じていたかったからなのだ……、と思った。そしてそれが結果的には家族にとって悪影響を与えている。私が甘やかすので母親は自立できない。いい子を演じる私はどこかで兄と父を軽蔑《けいべつ》していて、それを彼らは敏感に察知《さっち》していた。

私は自分だけが社会的に自立していてまともだと信じていたので、心のどこかで未熟《みじゅく》な家族を馬鹿《ばか》にしていたように思う。「ほら、私がいなくちゃダメじゃない」。私に面倒を見させるように仕向けておきながら、家族のダメさをけなし、そしてそのあまりのダメさに苛立《いらだ》ち絶望するという、不可思議なスパイラル状態に入っていたように感じる。

　ダメな家族を支配し、そして家族のダメさを自分の支えにして自分を正当化していた。

　考えてみたら私も、家族に対して限りなく自己中心的だったのだ。それなのに、私の家族はみなそれぞれに弱いなりに、その弱さの中で私を愛してくれていた。今になって彼らの純粋さを思うとき、私は自分がひどく傲慢《ごうまん》な人間に思える。


　ある時期、私は自分という存在が家族に与えている影響力について認識した。兄と違って、早くから社会性を身につけた私は家族の中では最も自立していて、強い自我をもっていた。だからこそ、私は「家族に君臨《くんりん》していた」とも言える。

　その事を自覚したのだ。家族から身を引こうと思った。これまで「嫌いや」というポーズを取りながら焼いていたすべてのおせっかいを止めた。母からの電話には「自分のことは自分で考えて。私は私のことを一生懸命《いっしょうけんめい》に生きるから」と返事をして、強引に切る。

　父からの電話にも同様に対処した。「酔った話は聞かないから、酔ってない時にかけ直して」と無情に切る。最初、相手がしゃべっているのに電話を切ることにものすごいためらいがあったけれども、切らないと話し続けるので、しゃべっている途中でも「じゃあさよなら」と切った。

初めて、父からの電話を話の途中で切った時の後味の悪さは今も覚えている。父がガアガアとしゃべっているのに受話器を置いた。なにか、身を切られるような思いだった。自分が切っているのに……。

不思議なことに、何度か電話を切っていたら、電話がかかって来なくなった。だから、こちらからかける事にした。こっちからかけた電話というのは、こちらに心構えがあるので余裕がある。だから受け答えも優《やさ》しくなる。

父母も、電話してもらったうれしさがあるので、ちょっとは優しい。もらった電話で愚痴を言うことは少ないのだ……ということがわかった。かかってくる前にこっちからかければいいのである。なんだ、そんな簡単な事だったのか、と思った。

最初の家族との切断は、このように「電話を切る」ことから始まった。そして、徐々《じょじょ》に家族との関係を切っていった。とはいっても、縁を切るということではない。関係することを止めていったのだ。つまり「他人のようにつきあう」ことにしたのである。

これまで「家族はこうあるべし」という自分の幻想にのっとって、家族の関係を修復しようとしていた。それを止めた。「家族ではなく、一人の男としての父、女としての母、男としての兄」を見るようにした。

もちろん、そうなるためには自分のなかで「私は私である」という強い思いが必要だった。どんな家族の子供として生まれても私は私である。父が酒を飲んでも私は私である。母がノイローゼになっても私は私である。兄が働かなくても私は私である。その「私は私である」の再確認作業が、家族と切れるための最初の儀式《ぎしき》だったと思う。

だから私は家族と離れるために「私」を確立したのであり、今の私がこうして在《あ》るのは、あの家族から切れるために生まれた副産物とも言える。そして、それが私が文章を書く上で非常に私を助けているのだから、家族というのは不思議なものだなあ、と思うのだ。

そして、約一〇年をかけて、私は自分の家族関係を完全にやめてしまった。とはいえ、今は兄も母も死んでしまったので、一番扱《あつか》い難《がた》い父親だけが残っている。この父親とは相変わらず、腐《くさ》れ縁の友人のようにつき合っている。

時にはいっしょに酒も飲むし、仲良く寿司《すし》をつまんだりもする。酔っ払った父の電話は無情に切る。くどい話にはつき合わない。シラフの時だけ話し合う。困った時は相談に乗るし、私も相談するが頼らない。「私はお父さんが口がきけて動けるうちは絶対にいっしょには暮らさない」と宣言している。

父は「お前は冷たい女だ」と言う。

「だからこうしてつきあっていられるんじゃない」

と言うと、

「そうだな」

とも言う。

父は今も酔うとかなりひどい状態になる。だが、自分の生活を楽しんでいるようなのでほったらかしている。もともと船乗りの父は生活能力があり、たいがいのことは一人でできる。「さみしい」と言うが、人間は生涯《しょうがい》さみしいのだ。私だって、家族に囲まれて暮らす私だってさみしいときはさみしいのである。

いつだって、人はちょっとさみしい。だから、父のさみしいも、私のさみしいも自分で抱えるしかない。父には私がいて生きている。私には父がいる。それ以上に何が必要なのだろう。親子としてたまたま生まれたけれども、それ以上につきあう必要などないのである。無理をしたらしがらみになる。そして、憎み合うのだ。

酒というものを人生の伴侶《はんりょ》として選んだ父は、自分で自分の人生を選択した。「酒があればいい」と言う。それを否定しようとは思わない。それも人生。ただし、私はつきあわない。

「お父さんは私より酒でしょ」

と言うと、父はこう言うのだ、

「人間はめんどくさくて苦手だ」

と……。

そういう人もいるんだと思う。

母は父にとってはめんどくさくない唯一《ゆいいつ》の人間だった。母は全面的に父に服従していたし、父の扱いをある程度わきまえていたからだ。だけれども、結果的には父が一番愛したのは、植物人間状態になって口をきかない母だったと思う。

父は母が脳出血で植物人間になった時から、ずっと病院に付き添《そ》って、周りの人間が仰天《ぎょうてん》するほどの手厚い看護《かんご》を続けた。言葉と体を失った母に父が話しかけるのを聞いていると、私は胸くそが悪くなった。あまりにもご都合主義だからだ。

もし、母の聴覚《ちょうかく》が完全に戻っていて父の言葉が聞こえたとしたら、母はあまりの父の身勝手さに憤死《ふんし》していたかもしれない。それくらい父は自分にとって都合のよいドラマをでっちあげて、母に語りかけていた。だから物言わぬ母は父の最高の愛情の対象になった。そのようにしか人と向きあえない男もいるのだなあ、と私は妙に父を納得した。

それでも、その父を母は愛していた。愛していたように思う。だから男と女である父母の事は謎《なぞ》である。私が彼らを理解し変えられると思っていたのは、本当に若気のいたりだったのだなあと、今はしみじみと実感するのである。

母が死んでから、父は極《きわ》めて自我の強い全く自分の思い通りにならない女＝娘＝私とつき合わなければならなくなった。なにしろ二人しか家族がいないのだ。これは父にとっては初体験で、本当に青天の霹靂《へきれき》だったようだ。

「世の中にお前ほど冷徹《れいてつ》な女はいないぞ」

と父は言った。そりゃあ母に比べたらそうだろう。

「女とは思えない、世の中変わったものだ」

とも言った。それでも、私は冷徹だけれども、絶対に父親を拒否しない。私にとって父はすでに「私に好意を持っている変なじいさん」であり、親子というよりも「男女」なのである。

そして、その方がつきあい易いのである。いくら冷たくしても、父は私を好きみたいである。最近は私より孫の方が好きなようだが、私のこともまだ好きみたいである。最初から冷たくしとけばよかったのだ。父に対する妙な期待がない分だけ、父が私を好きなのがわかる。いじめられてもすぐ電話してくる父に、馬鹿男に感じるような愛情を感じるようになった。

父はいま、ちっとも振り向いてくれない私に手を変え品を変え、気を引こうと電話してくる。その電話がまた自意識過剰《じいしきかじよう》でうっとうしいのだが、気持ちは伝わってくる。こんな弱い男の愛情を、かつて私はのどから手が出るほど欲しがっていたのだな、と愕然《がくぜん》とする。

父の愛情は私の愛情とは言語が違うのだ、もらっていてもわかるはずもなかった。言語の違う愛情をもつ純粋な男を、私は馬鹿男と呼ぶ。父は究極《きゆうきよく》の馬鹿男である。

私はこうして父と和解（？）した。たぶん、こんな話は親子関係で悩む人にとって何の参考にもならないだろうなあ、と思う。でも、私のリアルだ。おしなべて、男というのは家族だろうと、恋人だろうと、ちょっと冷たくしておくのがちょうどいいみたいだなあ、というのが私の結論なのである。

恨《うら》みつらみの晴らし方

松本サリン事件から五年目という事で、ここのところオウム真理教のサリン事件に関する報道をテレビでよく観《み》る。いまだサリンの後遺症《こういしょう》に苦しむ女性が「この気持ちをいったい誰にぶつけたらいいのかわかりません、同じ目に遭《あ》わせてやりたいと思うことがあります」と語っていた。

神戸の連続児童殺傷事件の加害者の少年Aが医療《いりょう》少年院送致《そうち》になった時、日曜日のニュース番組で島田紳介が、

「もし我が息子が殺されて、そんで殺した方の少年は少年だというだけで国から保護されてしまうんなら、もう俺が自分で仇《あだ》を討《う》つしかない、って俺のように人間の出来ていない者は思ってしまうんですよ」

と語ってた。

たぶん、それってすごくたくさんの人の気持ちの代弁だろうなあって思った。

恨みはらさでおくべきか……である。

今日「怪傑熟女心配御無用《かいけつじゅくじょ》」という番組を観ていたら、中学二年の時に母親の愛人にレイプされ、三〇歳を過ぎた今でもその時のいまいましい記憶に苦しめられている、相手の男がのうのうと暮らしているかと思うと、男の奥さんや子供に男のやった事を知らせてやりたい、この恨みの気持ちをどうしたらいいか？　という相談者が来ていた。

恨み、いったい恨みというのは相手を殺すと晴れるものなのだろうか。相手に同じ思いをさせれば晴れるものなのだろうか。わからない。ある部分は晴れて、別の部分が闇《やみ》に閉ざされるような気もする。

だとしたら、私たちは恨みを抱えてどのように生きればいいんだろう。

かつて、私は、家族を全員毒殺《どくさつ》して家族への恨みを晴らした女性を見たことがある。

それは、サイコドラマという心理療法《しんりりょうほう》の合宿の時だった。

サイコドラマというのは、自分にとって苦痛な過去の体験を、メンバーといっしょに演じてみることによって、その体験を克服《こくふく》したり、別の体験に変容させたりするような心理療法だ。

十年ほど前に私はある心理療法研究会で、サイコドラマのディレクター訓練を受けていたことがあった。

サイコドラマは、まず主役を決める。

そしてその主役が心に抱えているテーマを、ドラマのディレクターが聞き出し、そして配役を決めて即興《そっきょう》で演じていく。ドラマの過程で空間にコミュニケーションの場が生まれ、自然発生的にすべての参加者が主役をその場の中で助けようと動き出す。ダイナミックな心理療法だ。

その日、自分のドラマを演じることになった主役の女性は二三歳の大学院生だった。いつも笑顔のたえない優しい雰囲気の女性である。その彼女がいきなりこう言ったのだ。

「あたしはこの日を待っていました。家族を殺したい、家族を皆殺しにするドラマを演じたいんです」

一同、ぎょっとした。

「どうして？　なぜ家族を殺したいんですか？」

すると彼女はせきを切ったように語りだした。

「あたしは家族が大嫌いだからです。あたしの家族は最低でした。あたしの家族はみんな自分の事しか考えてない。あたしの事なんて何ひとつ考えてはくれなかった。祖母と母は仲が悪くて、二人はいつも、子供のあたしを部屋に呼んではお互いの悪口をあたしに話した。あたしはいつも母からは祖母の悪口を聞かされ、祖母から母の悪口を聞かされて大きくなった。何時間も聞かされて、それがつらくてたまらなかった。二人の悪口があたしのなかにどんどんたまっていって、あたしはいつも苦しくて息ができない。とても嫌だった。だけどずっとがまんしてきた。誰にも言わないでがまんしてきた。それなのに二人は、あたしの事を嘘《うそ》つきとののしった」

「なぜ、嘘つきって言われたの？」

「告げ口したって」

「あなたは告げ口したの？」

「しない。絶対にしない。母は、お前は本当にばあさんに似ている、陰気《いんき》な性格がそっくりだ、って言った。祖母は、お前は母親にそっくりだ、って言う。意地汚い意地悪なところがそっくりだ、お前を見ていると母親を思い出すって言う。あたしは、どっちからも相手に似てるから嫌いだって言われた。だから、ある日、母親におばあちゃんも同じことを言ってた、って言った。そしたら、お前はこうもりみたいなずるがしこい子供で、どっちにもいい顔しながら告げ口をしているんだ、って言われた」

「他の家族はどう？　お父さんは？」

「父も嫌い。父はずるい。いつも家のなかのことしらんぷりして、帰って来ない。それにあたしのことを女のくせにちっともかわいくない、お前は男に生まれた方がよかったって言った」

「兄弟は？」

「弟。弟もずるくて、いつもあたしの先回りをして、あたしを馬鹿《ばか》にしてる。弟はいつも得してあたしがいつも損をしてた。みんな弟ばかりかわいがって、あたしのことは悪口ばかり言って、それでおじさんの世話を押しつけてた」

「おじさんってだあれ？」

「脳溢血《のういっけつ》で寝たきりのおじさんがいて、ある日突然うちにやってきた。まだあたしが五歳のとき」

「おじさんも嫌いだったの？」

「あたしは、明日からおじさんが来るよって言われて、どんな人が来るのかすごく楽しみにしてた。そしたら、白目をむいたやせて骸骨《がいこつ》みたいな車椅子《いす》の人がやってきて、何か声を出すたびに操り人形みたいにぴくぴく痙攣《けいれん》する。それを見たら怖くて怖くてたまらなかった。でも、家族の誰もそのおじさんがまるで普通の人みたいにふるまって、怖がるあたしが悪い子だって言った。あたしにはわけがわからなかった。あたしはすごくおじさんが怖くて、なんでみんな変だって思わないのだろうって、悲しかった。あたしが変なのかと思った」

「誰も何も説明してくれなかった。みんなしらんぷりした。あたしはずっとおじさんが怖くて、怖くて、それでだんだん嫌いになった。だけど嫌ってはいけないんだって思ってもいた。だからおじさんの世話を一生懸命《いっしょうけんめい》したけど、でも本当は嫌で嫌でたまらなくて、汚く感じて、辛《つら》かった。特にトイレの世話。だけど、家族のみんなは、おまえはおじさんの世話が好きだから、って言ってずっとあたしに押しつけ続けてきた」

「あたしは、家族が大嫌い、あたしの家族はみんなひどい奴《やつ》らだ。あたしはずっと辛くて、自分のことを汚く醜《みにく》く感じて育った。誰もあたしの気持ちに気づこうともしなかった。みんな自分の事しか考えてない。調子のいい言いわけばかり言って、めんどうな事は全部、愚図《ぐず》なあたしに押しつけてきた。小学校三年生の時に、学校の帰りに変質者に連れて行かれそうになった。泣いて逃げて帰って母親にその事を言ったら、すぐさま裸にされてお風呂《ふろ》に引っ張っていかれて、汚いからと言って洗われた。風呂場をのぞいて、祖母も汚いものを見るようにあたしを見た。誰にも言うんじゃないって言われた。他には何も言ってくれなかった。あたしは人生を楽しいと思った事がない。そう思うように育てられなかった。すごく悔《くや》しい、やっと今ごろになって、どんなに自分の家族が異常で嫌な奴らかわかった、その事を思い知った。男の人を好きになって失恋した時、自分はもうどうやったって人から愛されることなんかない人間なんだってわかった。あたしは変だ。どこが変なのかよくわからないけど、自分がとても嫌いだ。うまく生きられない。みんなあの家族のせいだ。いまだにあたしを愚図でブスだと言ってバカにする。悔しい、皆殺しにしてやりたい」

彼女は淡々《たんたん》と家族への怒りを語り続けた。それは彼女の口からつらつらと流れ出て、まるで何度も何度も練習して暗記してしまったセリフみたいだった。

とにかく、彼女は家族に謝《あやま》らせたいと言う。

そこで家族を演じる人を指名してもらって、メンバーが家族になって土下座して謝った。だけど、いくら謝っても彼女の怒りはちっとも解けないのだ。

「謝ってもだめだ。殺したい」

と彼女は言う。

「どうしても殺したい？」

「殺さなければあたしの恨みは晴れない」

「そうか、じゃあどうやって殺したい?」

「うんとうんと苦しんで、苦しんで、苦しんで、あたしの苦しみを思い知らせてやりたい」

「じゃあ、最も家族が苦しむ殺し方を自分で考えてみて、それで家族を殺してみよう」

ついに家族は殺されることになった。

彼女が考えついた家族殺しは、朝飯のときに味噌汁《みそしる》に毒を入れる……というものだった。

その毒はじわじわと体に回り、そして家族はもだえ苦しんで死ぬ、というものだった。

彼女の家族役は、テーブルを囲んで朝の食事を始めた。

もちろん演技だ。味噌汁に毒を盛るのは彼女自身。

父、母、祖母、弟、おじ。全員に毒入りの味噌汁が配られ、みんな「いただきます」と朝食は始まった。

彼女だけは手をつけず様子を見ている。

みんながめいめいに味噌汁をすする……。

最初に苦しみ出したのは父だった。

いきなりのどを押さえてテーブルに突っ伏した。

母親がびっくりして立ち上がる、その母親も胸を押さえて床に転がる。祖母、そして弟、おじさんも次々に苦しみ出した。彼女は立ち上がってその様子を見ている。

瞬間に舞台は修羅場《しゅらば》と化した。

うめき苦しむ家族。その家族に向かって彼女は怒鳴《どな》った。

「もっと苦しめ、もっと苦しめ、あたしの苦しみはこんなもんじゃないんだ、思い知れ」

家族はさらに苦しみもがく。どんなに苦しんでも彼女の怒りはしずまらず、

「もっと、もっと苦しめ、もっと苦しめ」

と死ぬことを許さない。

「まだ死ぬな、もっと苦しめ。もっと苦しめ」

しかし、毒はゆっくりと体中に回り、一人、また一人と断末魔《だんまつま》の叫びを上げて息絶える。

バタリ。

倒れて動かなくなる。ついに最後の家族が死んで、静寂《せいじゃく》が訪れた。

彼女は放心して屍《しかばね》の間に立っていた。

「みんな死んでしまったね」

怖いほど静かだった。

「気が済んだ?」

ディレクターがそう言うと、彼女は、その場でわあわあと手放しで泣き出した。小さな子供みたいだった。

「違うよ、違うよ、こんなんじゃない、こんなんじゃない、こんなんじゃない、あたしがしたかったのはこんなんじゃないんだあ」

彼女はじたばたと暴れて、足を踏み鳴らし手を振り回し、ついに床に倒れ、そして体を胎児《たいじ》みたいに丸めてさらに泣き続けた。その泣き声を、私は一生忘れないと思う。この世のものとは思えないほど苦しくて、絶望的で、むなしくて、痛ましい声だった。

家族の屍の中で、彼女は身をよじって泣き叫び、そして次第にその泣き声も嗄《か》れ、嗚咽《おえつ》だけが残る。かたつむりみたいに体を丸めた彼女は小さな幼女のようにしゃくりあげながら横たわっていた。

いったいこれからどうしたらいいんだろう。

ドラマを見守っていた私は思った。サイコドラマには筋書きがない。頼りになるのはそこに参加する一人一人の即興《そっきょう》。今、この瞬間にそれぞれの心に起こる何かだ。

すると、死んだ家族が一人むっくりと起き上がってきた。

彼女のお母さん役だった人だ。

また一人、また一人と、死んだ家族がゾンビのように起き上がって、泣いている彼女の周りを囲み、そして彼女のことをみんなでくるみ、泣きながら抱きしめた。

家族役の人たちもみんな泣いていた。

殺された家族は蘇《よみがえ》り、彼女を中心にして抱きあい丸くなり、まるで繭《まゆ》のようだった。

人間で作られた繭。彼女はその繭のなかでずっと泣き続けていた。

体を小さく小さく丸めて、泣き続けていた。

その泣き声はだんだん「あんあんあんあんあん」って、まるで赤ちゃんの泣き声みたいになってしまった。

誰かが繭のなかに向かって声をかけた。

「ねえ、もう一度、生まれておいでよ。もう一度生まれておいでよ、みんなあなたを待っている。みんなあなたを大切に思っている。みんなあなたが大好きだから、もう一度安心して生まれておいでよ」

家族が口々に語りかける。

彼女がまた声をあげて泣きだす。

家族たちはいとおしそうに彼女の体をさすっていた。

長いことさすっていた。そうして繭がほどかれたとき、彼女は家族に見守られて、新生児のように眠っていた。

目を閉じている彼女にディレクターが話しかけた。

「いま、どんな気分？」

「すごく安心した気分」

「いま、なにがしたい？」

すると彼女は言った。

「蝶《ちょう》になって飛びたい」

蝶になりたい。確かに彼女はそう言ったのだ。

それが彼女のどんな願望を表しているのか私にはよくわからない。だけど、彼女の「蝶になって飛びたい」という言葉の唐突《とうとつ》さが、その唐突さゆえに私をゆさぶった。

今、彼女は自分の中の、自分だけのイメージの世界で癒《い》えているのだと思った。

そのことを素直に表明できるほどに、この瞬間、彼女は自分を好きでいるのだ。それはすごい事じゃないかと思った。自分を醜《みにく》くて好きになれないと言った彼女が、蝶になって飛ぶイメージをふくらませているのだ。

もちろん、こんなのは心理療法のサイコドラマの中での都合のいい出来事だ。フィクションだ、架空《かくう》の事だ。

現実の彼女の家族は相変わらずいさかいをくり返し、彼女の苦しい胸のうちには気がつかず、バラバラにいつもと変わらぬ生活をしているだろう。

そして、彼女は再びその家族のもとに戻っていかなければならない。

もし、たった一つ、演じる前と少し違うところがあるとすれば、彼女が「殺すことが自分の望んでいたことではなかった」ということを知ったことくらいだ。

恨みをもったとき、殺したいと思ったとき、本当に殺してみなければ自分が何をしたかったのかわからない。

人間はそれくらい弱い。

恨みの力は人間を圧倒する。

恨む心と闘うほどつらい事はないかもしれない。

長い長い不毛な闘いだ。

でも、イメージ、メタファー、神話、物語、そして自分以外の誰かの力を借りて、非現実の世界で死や殺人や恐怖と向き合い、そしてそれを乗り越える想像力を、私たちはもっている。
たぶんもっている。いや絶対にもっている。誰でももっている。
私はそういう迷信を信じる。
この世の物語の力を信じる。
ありもしない魔法の力を信じる。

春の陽をあびて蘇《よみがえ》る

娘が生まれてからというもの、頻繁《ひんぱん》に死んだ母を思い出すようになった。

昨日も娘を着替えさせていたら、ふいに、母との思い出が蘇る。

ある冬の夕方、私は寒さに首まですっぽりこたつ布団《ぶとん》にもぐっていた。母が襖《ふすま》を開ける。ふと私を見てうれしそうに笑う。「あんたはひよこさんみたいだね〜」とほっぺを突く。母から無条件に愛されているという甘い実感がじんわり広がっていった。大好きなお母さん。

はっとした。

すっかり忘れていた事だった。覚えているのが不思議なくらい些細《ささい》な出来事だ。それが記憶の底から小さな泡のようにぷかりと浮いてきた。こういう事が、子供を産んでからよくあるのだ。

母はある時期からノイローゼになり、自分に自信を失っていた。

母からの電話はいつも泣き言だった。その電話は私が仕事をしていようと、夕食の支度をしていようとおかまいなしにかかってきた。ひとたび受話器を取ると、母は一方的に自分の事をしゃべり続ける。まるで壊《こわ》れたプレーヤーみたいに、同じ事を何度もくり返す。際限がない。

しゃべっているうちに母はもう私の相槌《あいづち》すら聞いていない。頭の中がグルグルになっているのがわかる。完全な感情のスパイラル状態に入っていて、何を言っても聞く耳をもたない。相談の電話ではないのだ。こちらが解決策を提示してもそんなものに興味はない。

ひたすらしゃべる。自分の頭の中の妄想《もうそう》を吐きだす。吐きだす。吐きだす。

それを黙って聞き続けていると、私はみぞおちのあたりがぎゅうと痛くなった。

「お母さんは、なぜいつも自分の事だけ一方的にしゃべるの？　私に体の具合とか、仕事はうまくいっているかとか、そんなこと聞いてくれたこと一度もないじゃないの。そんな愚痴《ぐち》なんか聞きたくないよ、聞いているだけで気分が悪いよ」

堪忍袋《かんにんぶくろ》の緒《お》が切れて私が叫ぶと、母ははっとして黙る。

「あんたに迷惑はかけないわよ」

これは母の十八番の言葉だ。

電話をかけてくるだけで十分迷惑だと思った。母の電話を受けると私は一日中気分が悪い。どうしてあげていいのかわからない。母の力になれない自分がふがいない。娘に心理的な負担をかけ続ける母が恨めしい。愚痴ばかりで意気地無しの母が憎たらしい。いろんな感情がないまぜになって、私まで感情のスパイラルに巻き込まれてしまう。

つらかった。

もちろん、母がこのように追い込まれるにはそれなりの理由があったが、それを理解してもなお、母の行動は私を消耗させた。ひどく理不尽《りふじん》だと思った。私は母に何ひとつ迷惑などかけていない。立派に一人でがんばって自立している。それなのに、なんでこんなに私を苦しめるのだろう。それでも親かと思った。母への感情はいつも腹立たしさと、幸せになってほしいというせつなさで、ねじれてゆがんで私のなかでのたうっていた。

母の精神状態は兄が若くして死んでから、さらに悪化していった。

母はいつも不安を口にした。生きていてもしょうがないと呟《つぶや》いた。そして「死にたい」と電話してくる。電話口で泣いてばかりいる。

「お兄ちゃんが死んだのはわたしのせいだから、わたしなんか生きていたってしょうがないのよ」

毎日のようにそういう電話がかかってきた。

「誰のせいでもないよ、自分を責《せ》めないで」

そう言っても聞いちゃいない。

「あんただって、父さんだって、わたしの育て方が悪かったと思っているんだから。でもやっぱりわたしが悪かったのかねえ。なんであんな死に方したんだろうねえ」

ひがみっぽく、愚《おろ》かで、弱い人間。

そんな母のイメージが私の中に染《し》みついていった。私は母をひどく疎《うと》ましく思うようになっていた。


私は結婚一三年目にして妊娠した。

兄が死んだ翌年だった。

母は私の妊娠の知らせを受けると真っ先に言った。

「お兄ちゃんの生まれ変わりだ」

私はその言葉を聞いてひどくショックだった。

吐き気がした。激しく母を憎んだ。新しい命は誰のものでもない。自分からこの世界に生まれて来ようとしているのだ。死んだ兄の生まれ変わりとは何事だと思った。くだらない。なんてバカな事を言うのか。二度と母親を私の子供に近づけるものかと怒った。

だが、結局、高齢《こうれい》妊娠・出産を通して、私は不本意ながら母の世話にならざるをえなかったのだ。

出産後は一週間ばかり家で安静にするように言われた。

「あなたは特に高齢出産なのだから、じっくり体を休めないとあとあと体によくないですよ」

と脅《おど》された。しかし、夫の仕事は忙しく会社を休めとはとても言えなかった。結局、私が頼れるのは実の母親しかいなかったのだ。私のために時間を割いて、生まれたばかりの赤ちゃんの面倒をいっしょに愛情もって見てくれる人間は母しか思いつかなかったのだ。

ずっと健康で過ごした私は、誰かに自分の面倒を見てもらう必要がなかった。

助けを乞《こ》うのは初めての経験だった。肉親って、ありがたいなあと思った。そんなこと考えた事もなかったけど、やはり母なら気がねがない。どんな親だろうとやっぱり甘えられる。

母は私の頼みに応じて田舎からやって来た。

最初は喧嘩《けんか》ばかりしていた。

母と長期間いっしょに過ごすことすら久しぶりだったのだ。テンポが合わなくてぶつかりあって、二人で何度も泣いた。二人が泣くと生まれたばかりの娘も泣く。あわてておしめをかえる、ミルクを与える。泣いちゃおれなかった。

協力しないわけにはいかない。赤ちゃんがいるのだ。

そうこうしているうちに、だんだん母は変わっていった。

「自分がやらねば」という気持ちが彼女を変えたのか。はたまた新しく生まれてきた命が彼女に生の息吹《いぶき》を与えたのか、それはわからない。

すったもんだのあげく、母は立ち上がり、私と生まれてきた命のために本当に精一杯のことをしてくれた。その姿はかつて子供の頃に私が見ていた母の姿だった。

私はようやく思い出した。まだ、私が子供だった頃、この人は気丈《きじょう》で姐御《あねご》肌《はだ》で頼りがいのある女だった事を。

母の兄弟姉妹たちは母を頼ってよく我が家にやって来ていた。母はいつも世話役だったではないか。その、母の本質をおおいかくしてしまうほど、父の酒乱と兄の家庭内暴力はひどかったのだ。そのような環境の中で十数年を過ごすうちに、母は別の人間のようにさせられてしまったのだ。

その事に初めて気がついた。せつなかった。誰が悪いわけでもないだろうが、一人の人間の魂を曇《くも》らせてしまうような出来事が私の家族のなかに起こったことが悲しい。私にはどうすることもできなかった。

でも、新しく生まれた魂によって、私と母は心の底から和解した。私は母に甘えることができたし、母は本来の母親の自信を取り戻していた。それは、赤ちゃんが与えてくれた奇跡だと思う。

母は、娘が生まれてから半年後に脳出血でこの世を去った。突然の死だった。死顔は美しく満足げだった。

「親の務めは果たしたよ」

と誇らしげに見えた。

そして今、娘を通して時折、母を思い出す。

現れるのは暖かくて優しい母の思い出ばかりだ。長いこと「母との思い出」は私のなかで封印されていた。愚痴《ぐち》っぽくて神経質な母だけが私の心を覆《おお》っていた。

でも、美しい記憶は決して消えないのだ。

それは暖かな春の光を受けると、新芽のように蘇《よみがえ》ってくるものらしい。

（初出『げきじょう』五七号）

お母さんを守る子供たち

「名古屋中学生五〇〇〇万円恐喝《きょうかつ》事件」は不思議な事件だ。

中学生の少年が同級生に暴行を加えられお金を恐喝される。少年は自分の父親の死亡保険金の五四〇〇万円をなしくずし的に加害者の少年たちに渡してしまう。加害者の少年たちはその金で豪遊《ごうゆう》していたそうだ。

そして、少年は入院先の病院で二二歳の青年と出会い、その青年に恐喝の事実を打ち明けた事から事件が発覚《はっかく》していく。

加害者の少年たちは続々と逮捕《たいほ》されている。執拗《しつよう》に恐喝をくり返していた事実が浮上してくる。彼らは皆、比較的裕福な家の子たちだそうだ。

学校や警察の言い訳はあいまいで、今だによくわからない。

五〇〇〇万円というお金が湯水のように消え、それに関わった人間もどこか現実感がない。リアルな存在として誰も浮き上がってこない。なんだかとりとめがない。

恐喝は楽しいと思う。

とっても不謹慎《ふきんしん》だけど、私はそう思う。たぶん、人をおどして言いなりにさせるとき、ある全能感を感じるのじゃないだろうか。子供って一度そのことで快感を感じると猿のようにくり返す。そういう存在である。やればやるほど常習化していく。それは子供を育てているとよくわかる。

理屈じゃないのだ。

脳がそういう構造なのだ。快感を貪《むさぼ》るようにできている。

加害者の少年たちの継続的な恐喝に、それほど深い意味はないように思う。不快感を与えれば止《や》めるのに、親も学校も彼らの快感をストップさせなかったのだ。

思春期の頃は興奮《こうふん》すると増長してた。増長してた自分を覚えている。なんだか興奮すると全能感がわきあがってきて、自分のやることはなんでもオッケイ！　みたいな気分になることがあった。不思議なナチュラルハイ。あれって思春期のホルモンと関係があるのかもしれない。私は奇妙に昂揚《こうよう》した精神状態をよく覚えている。そういう時、善も悪もドロドロになって「おもしれえ！」って事に没頭《ぼっとう》していった。

だから、私はなんとなく加害者の少年たちののぼせ上がった状態がわかるような気がする。

では、被害者の少年はどうだろう。彼は、どんな気持ちだったんだろう。

恐喝というほどではないけれど、私は小学生の低学年の時に近所の子供たちから毎朝お金を無心されていたことがある。

集団登校のグループ内で、私は仲間はずれのいじめられっ子だった。

当時はなぜ自分が浮いてしまうのかわからなかったが、今ならよくわかる。私は生意気な子供だった。我が強く、他人をバカにしたようなところがあった。猛烈に強気で、いじめられても泣いたりめげたりしなかった。我慢強いとかえっていじめられるのだ。

ある時から、私は母親からもらった帰りのバス代を彼らに上納しなければならなくなった。

きっかけはバス代をもらっている事をしゃべってしまった事だった。田舎の子供で現金をもつ子は少なかった。私はそれを自慢《じまん》してしまったのだ。

半年くらいの間、毎日二人の女の子から「昨日はAちゃんにあげたんだから、今日は私にくれるんでしょう?」とかわるがわるお金をせびられた。

それが理不尽な事はわかっているのだが、なぜか私はその小さな恐喝にじっと堪《た》えていた。なぜなのか自分でもわからない。

その当時、ひどいいじめや暴力があったわけではない。私の住んでいたのは田舎の平和な町だった。相手は女の子だし、断ったところで言葉で責められて無視されるくらいだ。

私は七歳だった。毎朝お金をせびられながら、なぜか嫌だと言えなかった。そして、いつしか彼女たちといっしょに登校するのを理由をつけて避けた。

一人登校は気楽だった。好きなところへ寄り道できる。集団って嫌だなあ、と七歳の私は思っていた。

月日は流れて、私は小学校の高学年になった。その頃には私をいじめるような子はいなくなった。どういうわけか私は小学校五年の頃にいきなり今の性格になった。それまで内気で愚図《ぐず》な子供だったのに、どうしたことか十歳を過ぎると無敵なほどの図々《ずうずう》しさとやる気を手に入れた。理由はわからない。へそ曲がりでのろまな子供から、強くて積極的なタイプに変貌《へんぼう》したのだ。

ある日、強くなった私はかつて私をいじめていたAちゃんに小さな復讐《ふくしゅう》を試みた。

放課後にみんなで遊びに行く約束をしていた時に、Aちゃんだけをのけ者にしたのだ。そんなこととしたのは初めてだった。意図的ではなかった。たまたま彼女が相談が終わった頃に登場したので、決まった遊び場を教えなかったのだ。無意識に彼女を嫌いだったから無視したのだと思う。

ところがその日、家に帰って来てみると母親が烈火《れつか》のごとく怒っていた。

「あんた！　Aちゃんを仲間はずれにしたって言うじゃないの。そこの道端《みちばた》でお母さん泣きつかれて、恥ずかしかったわよ。そんなひどいこと学校でしてるの！」

そして、母親は泣き叫ぶ私の手を引っ張って、ご近所のAちゃんの家まで連れていくと無理やり頭を押さえつけて彼女にあやまらせたのである。

Aちゃんは玄関先で私が母親にこづかれるのを見下げていた。

こいつめ、自分が昔、どれほどひどい事を私にしたと思ってるんだ、と思った。それを忘れて、よくもまあ私の母親にチクったりできたもんだ、と、腸《はらわた》が煮えくり返る思いだった。

それでも、それでも私はその場で、Aちゃんと Aちゃんの母親の前で「こいつけ昔、毎朝私のバス代をおどし取って買い食いしてたんだ」と訴える事ができなかった。どうしてもできなかった。なぜだろう。これまた私の人生の七不思議の一つである。私はできなかったのだ。

私の母親は娘が近所の子供からバス代を取られているなどとは全く知らなかった。子供が口を閉じてしまえば、親は案外、子供のことはわからない。だから「わからない」ということを前提に子供とつきあっている親だけが、子供を知ることができる。

私は、Aちゃんを憎んだ。

それは彼女が正直だからだ。自分がかつて恐喝をやろうが関係ない。全く関係ない。今、この瞬間に、自分が理不尽を強いられたら、大声で訴えて改善させればいいのである。その方がよっぽど得策だ。彼女はそれができた。

ところが、私にはそれができなかった。

なぜできなかったのかというと、そんな事をするのはみっともないことだ、という妙な価値観が私の中にあったからだ。それはたぶん私の母親の価値観だったのだ。

いじめられた時に手放しで泣いて騒いで相手の母親に訴える。

それを、私は心のどこかでは今でも「意気地のない行為」と軽蔑《けいべつ》しているところがある。そんな自分に苦笑いしてしまう。きっと私の母親も私のように感じていたに違いない。そして暗黙《あんもく》のうちに教育したのだと思う。「みっともない真似《まね》はするな」と。「いじめられるのはみっともない事だ」と。「それを表明するのはもっとみっともないことだ」と。だって、私は確かに心のどこかで今だにAちゃんを「意気地無し」と軽蔑しているのだから。

まっさらで生まれてきても、まっさらでは育たない。

私は教育され、ある価値観の範囲のなかで矯正《きょうせい》され、そしてゆがめられている。それは生きている限り仕方ないことだ。社会という仕組みの中で、私は生きている。だとしたら、私はどのようなゆがみを私という存在のなかに取り込んで生きてきたのか。そのことを知りたいと痛烈《つうれつ》に思う。

なぜ私はバス代を黙っておどし取られ続けたのか。

なぜ私は、Aちゃんに「あんたも悪い」と言えなかったのか。なぜあの時言えなかったのか。自らの恥を隠し通そうとするのはなぜか。そもそもいじめられることは恥なのか。なぜわずか七歳にしてそれを恥だと思うようになったのか。

いじめの事実を知ったら、きっと母親はショックを受けると思った。

その母親のショックに、自分がたえられなかった。母が「いじめられる子はみっともない」と思っているのを感じていた。大人が口先では「悪いことをする人が悪い」と言っても、心では「される方もみっともない」「された方も悪い」と思っているのを知っていた。

子供は自分自身に起こる現実にはかなりたえられる。たえ難いのは母の身に起こる事だ。母が傷つくことだ。母親から離脱するまで、子供の行動は母親を守る事を優先する。

守るべき母親が何を大切に思い、何に屈辱《くつじょく》を感じるかを明確に察知していた。少なくとも私は、母の価値観を暗黙知《あんもくち》していた。言葉にはできないけど、母の価値観を熟知《じゅくち》していた。そしてそれに合わせようとしていたと思う。それが子供の行動原理だ。

あまりにもくだらない理由だが、私は母が屈辱感を感じないために「かつてお金を取られていた」と告白するのをためらった。そして母の言う通りに泣きながらAちゃんにあやまった。母親の心を読み取り、そして満たしたのだ。

口をつぐむ子供というのは多分に母親をかばおうとしている。

だからこそ、その後、私は、母をあんなにも恨んで、思春期を過ごしたのだろう。思春期に入って自分のゆがみに気がついた。それを私に与えた母親の無自覚さに腹を立てていたのだ。母親は「ちゃんと教育した」と思っている。

でも、子供は「言われた事」から学ぶのではない。非言語的な母親の価値観から学ぶのだ。生き様を隠して子供を教育したと思っている母の愚鈍《ぐどん》さに思春期の私は腹を立てていたのだ。

私は、母を守るためにあんなに必死で闘ったのに……と。

自分がかつて、これほど母を守ろうとしていたことを自覚したのは三〇歳を過ぎた頃だった。

そのことをけなげに思う。一見、訳のわからない子供の行動の背後には、母親を守ろうとする心が働いている。

私の母も父親が不在の中で子供を育てていた。

母親が落ち込んだ時、私はいたたまれず、行き場がなくてじっと母親の側に座っていた。守らねば、と子供心に思っていたかもしれない。それなのにいじめられてしまう自分を無力に感じた。

もしかしたら、名古屋の被害者の中学生も、そんな気持ちだったのかもしれない。

結果として彼の行為（こっそりお金を持ちだす）が母親を苦しめることになったとし

ても、彼が必死で守ろうとしたのは配偶者を失った「弱い母親」だったのかもしれない。

女の私ですら母を守ろうとしたのだ。

男の子ならなおさらだろう。

子供の母親への熱烈《ねつれつ》な愛情は、母親の想像を越えている。母性愛は子供が母を思う気持ちには絶対にかなわない。母は子がなくても生きる。生まれた子は母がいなければ死ぬ。子供が母を思う気持ちこそが本能なのだ。母性は本能ではない。

往々にして母親は子供のナイトぶりに気がつかないものなのだ。子供がいかに母親を守ろうとしているか、母親は知らない。知らずに自分が守っていると思い込んでいる。

いじめってなんだろう？

インターネットで無料のメールマガジンを配信し始めて二年になる。

最初はもちろん読者なんていなかった。文字通りゼロからの出発。それが、現在は六万人の読者がいる。いつのまにこんなに増えたのか自分でも不思議なくらいだ。

とはいえ、一人だろうと六万人だろうと配信する私の手間はいっしょである。私は原稿を書き、それを送信する。それだけの作業を二年間続けて来た。

私のメールマガジンで送られる文章は、すべて私の体験に基づく、言うなればノンフィクションである。テーマは多岐《たき》にわたるけれど、比較的「家族」のテーマが多いかもしれない。私自身が家族の問題では長いこと悩んで生きてきたし、「家族」の問題はどこかでたくさんの人とつながっている感じがして、書いていて手応《てごた》えのようなものを感じる。

さまざまな「家族」の問題を取り上げてきた。そして、それに対してびっくりするような数の読者メールをもらった。私がメールマガジンを配信し始めてから、今までに受け取った感想メールの数は、たぶん二万通を越えていると思う。

最初の頃は一日に平均一〇〇通くらいのメールをいただいた。

最近はさすがに減ってきて、一日二〇通くらいに落ち着いている。

とはいえ一日二〇通でも、一ヵ月だと六〇〇通になる。

私はそれらのメールをじっくり読むけれども、返事を出すことはほとんどない。私に感想メールをくださる方々は、感想というよりはむしろ「自分の人生」について語っている方が多い。私に対して心に秘《ひ》めていた自らの体験を告白しているのである。その方々は「田口ランディはこういう奴《やつ》であろう」という予測のもとにヴァーチャルな田口ランディ宛《あ》てにメールをくださる。

その読者に、リアルな私から返事を出したとしても、それはかえって相手を傷つけることになりかねない。現実の私がいきなりコンタクトしたら、たぶん相手の予測とはズレている。ズレている私がいきなり出て行ったら、侵入《しんにゅう》されたと感じてしまう可能性があるからだ。

メールとはえてして妄想《もうそう》のメディアであり、妄想について知っていないとメールでのコミュニケーションは失敗する。相手の妄想を受け入れることがメルマガ配信のコツのように思う。そして返事はしないようにがまんする。あまりに真摯《しんし》な内容なので、ついおせっかい心が動いて返事を書きたくなってしまうことがある。でも必死でこらえて書かないようにしている。

書かないことが、読者の方と私との信頼関係を保ち続けるひとつの方法のように思えるからだ。そして私は送られてきたメールをひたすら黙って読み続けている。

読者のメールを読ませていただいて、気がついた事があった。

なんて、たくさんの人が「いじめ」を経験しているのだろう……ってことだ。

「いじめ」にもさまざまな種類があるけれども、とにかく「他者から疎外《そがい》された」経験をもつ人が非常に多い。そして、その「他者からの疎外」をきっかけにして、鬱《うつ》になったり、引きこもってしまった、と打ち明ける人が私の想像をはるかに越えて多かった。

もちろん、統計を取ったわけではない。科学的な根拠もない。単に私がこの二年間で受け取ったメールを読んでの素朴《そぼく》な感想である。

「いじめ」というのは、世紀末に蔓延《まんえん》するかなり多くのトラブルの「温床《おんしょう》」になっているのではないか……ということを、直感的に思った。そして、実は自分が「いじめ」とはなんなのかについてあまり知らないことに思いいたった。

「いじめ」ってなんだろう。ねえ「いじめ」ってどういうことだと思う？

今まで私は「なぜ、いじめが起こるのか」についての議論はよく見聞きした。筑紫《ちくし》哲也さんの「ニュース23」や、教育テレビなどでもたびたび取り上げられているテーマだ。

だけど、実のところ「いじめとはなにか？」という根本の定義を、私は知らないんじゃないか、って思ったのだ。知っていると思っていたけど、実は「いじめの本質」について私は知らないんじゃないか……って。

ううむ、「いじめとはなんぞや？」

それで、私はこういう事に悩む時はいつも電話をする、在日韓国人三世のノリ子に電話をした。

疎外……、あるいは「いじめ」について、在日であるゆえに、彼女は私よりも深い体験をしているのではないかと思ったからだ。

「おっすおっす。元気？　あのね、実はさ、いじめについて考えてるんだけどさ」

と私が言うと、

「またあたしのネタでなんか書くつもり？」

と彼女は容赦《ようしゃ》なく突っ込んでくる。

「そうだよ、協力してよ」

「ええけど、今度こそおごってな」

私はときどき彼女の意見を、あたかも自分の考えのように書いたりしゃべったりしているので、彼女に突っ込まれるとどぎまぎする。自分の底の浅さを露呈《ろてい》したような気分になる。ああ、せこい私。ダメな私。

「あのさ、いじめってなんだと思う？」

「いじめ〜？」

「そう、いじめ」

いきなりな質問にノリ子は面食らったみたいだった。しかし、こういう時に絶対に
「わからない」と言わない彼女はあっぱれな大阪人である。

「そうやなあ、いじめってのは皺《しわ》だな」

「皺？」

「そう。関係の皺《しわ》」

「どういうこと?」

「つまりな、人間関係ってのはみんなででかいシーツの端《はし》っこを持って歩いているようなもんなんや。だけどときどき、そのシーツに皺が寄ってしまうんよ。その皺の寄ったところを持っている奴が、いじめられるねん」

私の頭の中には木綿の白いシーツを持った集団が浮かぶ。マヌケな姿だ。

「相変わらずユニークな説だな。シーツはいつもピンと張ってなきゃいけないわけね?」

「そうそう。だからみんな突っ張って力を入れてシーツを持つんよ。だけど、あんまり力を入れ過ぎると、自分がシーツを引っ張りすぎてみんなの手が離れてしまう。ダレていると皺が寄ってたるんでしまう。そやけど、シーツを持って歩くというのはすごく難しいさかい、どこかに皺は寄るもんなんよ。でな、当然の事ながら、力の弱い奴のところに皺は寄りがちやねん」

なるほどな、と思う。

「でもさ、なんでみんなシーツなんか持って歩いてるの?」

「知らん。誰かが教えたんやろ、これ持って歩きなさいって」

「シーツなんか持ってたら歩きにくいじゃん」

「そうや、おっしゃる通り。けど、持ってると楽やねん」

「なんで？」

「持ってる方が固まりやすいやろ？　だからみんなシーツに寄ってくるんよ。もう入る余地がないほど人が群《むら》がってるシーツに、無理やりねじ入って、片手でもいいからシーツをつかんでいたいって思うんよ」

「なんか、うっとうしい」

「ほんまにうっとうしい。うっとうしいから、シーツを切り裂《さ》きたくなる奴も出てくる」

シーツをナイフで切り裂いている少年のイメージがパッと浮かぶ。

「それが犯罪者になると？」

「そうは断言できんけどな」

電話を切ってから、私はかつて自分がいじめられた時の状況をあれこれ思い出していた。そういえば私は、割といじめられっ子だった。その理由が今はなんとなくわかるのだが、ずっと言語化できないでいた。

子供の時は近所の子たちから仲間はずれにされていた。高校生の時にアルバイトをした笠間の土産物屋の女店員にいじめられた。この人は「こいつは自分の悪口を言っている」と思い込んでいて、私が他のバイトとしゃべっていると、後でやってきて「あんた、私を猿《さる》の惑星《わくせい》みたい、って言ったでしょう?」と言うのである。

正直に言うと、そのオバサンは本当に映画「猿の惑星」に登場する猿みたいな顔だったんだよ。だけど私はそんな事を言った覚えはなかった。彼女の誤解《ごかい》なのである。その後も、住み込んでいた新聞屋の奥さんとか、丸の内のOL時代の先輩《せんぱい》とか、とにかくよくいじめられた。

今から思うに、私における「いじめ経験」は、私が相手を軽蔑《けいべつ》していることに起因《きいん》しているように思う。私は彼らと同じ「シーツ」を持つことを拒否しているかのごとく見えたのだと思う。

だから私をいじめた相手は、実は逆に私に傷つけられていたのではないかと最近になって思いいたる。

幼少期に東京から茨城に引っ越して来た私は「だっぺだっぺ」と連呼する「口汚い茨城弁」を子供心に軽蔑していた。

女子高校生のアルバイトたちは心のどこかでパートのオバサンのダサさを軽蔑していた。私はその代弁者として選ばれたのかもしれない。

新聞配達の専売所の奥さんで一生を終わる人生を、十八歳の私は「なんてつまらない人生」と思っていた。それは暗黙《あんもく》のうちに相手に伝わるのであろう。

そして、ＯＬ時代には「ＯＬって、退屈《たいくつ》で創造的じゃない仕事」と思っていた。それもきっと私の態度に出たのであろう。

さらに、ここが重要なのだけれど、私はこのように傲慢《ごうまん》に他者を軽蔑しながら、だけど片手の人さし指と親指で、シーツの端をつまんでいたのである。

若かった頃、私は他人を見下げることで自分という存在の意義を確認しようとしていた。それくらい自分に自信のない弱い人間だった。だから、シーツを持つことを軽蔑しながら、そのくせシーツの端を手放すことはなかったのである。

ちゃんとシーツを持とうとしない私の場所に当然ながら皺が寄る。だから私はいじめられたのだと思う。私が嫌な奴だったからいじめられたのだ。

もちろん、いじめられる理由は、いじめられた人の数だけある。

これは私の場合であって、一般論ではない。

自分が嫌な奴だからいじめられた。

これは「いじめの理由」である。では「いじめ」とはなんだろう。

最初の疑問に戻って私はハタと考える。

だいたい、私が「いじめられている」と気がつくのは、「無視」が始まってからだ。相手が自分にだけ話しかけない。冷たい視線を向ける。これが第一段階。これはまだ個人対個人で起こる。

次の段階になると、今度は集団的な黙殺《もくさつ》や仲間外れが始まる。これが始まるとさすがに「やばい」と感じる。

そして最後の段階になると「組織的な嫌がらせ」「暴力」に発展する。これが、見た目上《じょう》の私が経験した「いじめ」である。

見た目の背後には、言語化できにくい集団意識が働いている。それが「いじめ」の本質のように私には思える。見た目の背後に隠れているのは「関係への固執《こしつ》」だと私は思う。


いじめの本質とは関係へのあくなき固執なのだ。

ある集団が、一人の人間をいじめるとき、その行為にはルールがある。それは「いじめられている奴《やつ》が絶対にシーツを放さないこと」である。

いじめは、まず「シーツを持って歩く人々」が「シーツを持ち続けている」ことによる緊張《きんちょう》にストレスを感じている下地があって起こる。だいたい「シーツを持ち続けて歩く」という事自体、不自然で疲れる作業であり、それを日常的にやっている人々は緊張のため疲れているのである。

そこに、シーツに皺を寄せる者が登場する。

集団の中で最も緊張しストレスを抱えている者が、シーツに皺を寄せた者を攻撃する。この時はまだ、個人対個人である。

シーツを持ち続けるためには「シーツは必要なのだ」という了解《りょうかい》が必要である。

いったいなぜ自分たちはシーツを持ちながら歩いているのか？　その事について考えてしまうと危険である。「シーツをちゃんと持てる自分」である事が他者から受け入れられる条件なのだ。シーツを持つ行為そのものに疑問を抱いたら自分の所属する世界からはじき出される。

だからこそ、シーツを持つ人はいつも「シーツを持たなければいけない理由」を探している。

そして、シーツに皺《しわ》を寄せた者を攻撃した時に、攻撃されても相手がシーツの端をつかみ続けているのを見ると、安心するのである。

「そうか、こんなに攻撃しても、彼はこのシーツを放そうとしない。つまりこのシーツはやっぱり必要だったのだ。だから自分は持ち続けていいのだ」

この時、いじめられている人といじめている人の間には相補的な関係が成立してしまう。いじめる側はいじめることによって「シーツの必要性を確認する」。いじめられる側はいじめにたえることによって「シーツを持とうとする」。

この時、シーツはお互いにとってより明確にその存在を示し始めるのである。それまであいまいとしていた「シーツの存在」が急浮上して、まるで意志をもったかのように「いじめる者」と「いじめられる者」の上に神のように君臨《くんりん》する。

では、シーツとは何だろう。

たぶん、それは、私たちが近代に入って、複雑化した社会を合理的に生きていくために発達させてきた「関係性」というものではないかと思う。

私の自殺した兄は、中学時代にいじめに遭《あ》っていた……と、亡《な》くなる三ヵ月ほど前に私に語った。

思い返すに、それから、彼は、他人との距離がうまくとれなくなったように思う。中学生以降の兄は、ちょっとした事で他人を遠ざけたり、近づけたりする。妙に他人を信じやすい半面、少しでも相手が逃げ腰になると相手を許さずに恨んだりする。彼はいつも「関係」というものにおびえていた。

人と関係したいと熱望しながら、異常なほど関係することを怖《おそ》れておびえていた。たぶん兄は、中学の時に「シーツの皺を寄せる者」としていじめられたのだろう。もちろん、これは推測である。事実は兄が死んだ今となっては誰にもわからない。あくまで私の御都合主義《ごつごうしゅぎ》の推論《すいろん》に過ぎない。

でも、私はそう思うのだ。兄はきっと「シーツを持ち続けることを熱望したあまり、シーツの必要性を他者に知らしめるための生け贄《にえ》になったのだ」と。

シーツの存在を熱望する人間ほど、シーツを持つ人々にとって都合がいいのである。なぜなら、熱望する人間がいれば、なぜ自分がシーツを持っているかについて考えなくてすむからだ。

シーツを持って歩く人々は、「絶対的に必要なシーツ」を自分が持っていることを確認したいがために、人を殺すこともある。「殺されてもアイツはシーツを必要としていたのだ」ということを確認できたとき、シーツは自分が生きるための絶対性になる。

殴っても火で焼いても、その集団から離れようとしない「シーツにしがみつく存在」は「自分がシーツを持っている」ことを正当化してくれる。

集団リンチ事件などで、いじめによる殺人を犯してしまった少年たちは、案外と罪の意識がない。それは、相手が死ぬまでシーツを手放さなかった事に、満足感を得ているからだ。自分の持っているシーツは、絶対なのだ、と確信できてしまったからだ。

シーツとは「関係性」である。

「関係性」の前には、一人の個人の死など、簡単に埋没《まいぼつ》してしまうのだ。

だから、いじめを体験した人は「関係性」によって「個人」を抹殺《まっさつ》される。

一人の人間、個としての尊厳《そんげん》を徹底的に痛めつけられるから、いじめられた体験は精神的に強いダメージを伴うのである。

それでもまだ、いじめられて苦しさのあまり「シーツを手放した人」は、後になって痛手が少ない。

いじめに遭《あ》いながら、それでもシーツを手放すことができず、なしくずし的に「関係性」の中で抹殺されたまま大人になってしまった人は、常に自分の前に立ちはだかる「関係」が自分という「個」を閉じこめ、殺そうとするのではないか……という恐怖を感じているように思う。「関係」によって精神的に抹殺された兄のような存在は、常に「関係」を熱望し「関係」におびえてしまう。そして「シラフ」で個と個がつきあえることを忘れてしまうのだ。

確かにシーツを持てばまとまりやすい。だけど、私たちは最初からシーツを持って歩いていたわけじゃない。手放したって、生きていけるのだ。

関係を個よりも優先させるのは危険である。それは緊張を強いる。人は自由が好きなのだ。だけど、なぜか時代は「関係」にさらに固執している。「いい関係」になることがまるで社会全体の目的のようだ。「父と子のいい関係」「社内のいい関係」「恋人同士のいい関係」それは善だとされている。本当にそうなんだろうか。

私は「いじめ」に遭ったら闘えなんて、絶対に子供には教えない。もし、そこに「いじめ」というものが存在したら、その集団はすでに「シーツを持って歩く人びと」の集団であり、しかもそのことにストレスを感じている集団なのだ。

そんな場所からは、シーツを手放して一目散に逃げろ、って教えたい。シーツなんてなくたって生きていける。

人は関係のために生きるのではなく、生きるために時々関係するのである。

シーツを手放した時、本当に出会うべくして、人は出会うのだから。

プチ家出をする少女たち

久しぶりにお昼のワイドショーを見た。

岡山で母親を撲殺《ぼくさつ》した少年が保護されたので、その後の取り調べでわかった事実などを知りたいなあ……と思ったのだ。

でも、新たにわかったのはバッグの中の所持品くらい。彼のバッグの中には大量の「ポケモンカード」が入っていたそうだ。それが、コメンテーターの間で少し話題になっていた。

「やっぱり現実逃避でしょうね」

と、市川森一《しんいち》さんという男性が言う。

「彼はきっと、現実はなんでリセットできないんだろうって、そう思っていたと思いますよ」

そんなこと思うかな〜、と考えながらも、ぼーっとテレビを見続けていたら、次の特集が「急増、少女のプチ家出」というものだった。

なんでも、少女たちの間で「プチ家出」という、二泊三日くらいの親に内緒《ないしょ》の外泊が流行《はや》っているのだという。「へー」と思った。というのは、私が十七歳の頃、私はこの「プチ家出」の常習犯だったのである。

本当によく外泊していた。それが学校の合宿所だったり、友達の家だったり、東京だったり、いろいろだったけど私は外泊するのが好きだった。これは性分というものだろう。なぜなら、私は今だに外泊主婦である。

ええ年こいたオバサンになった今でも「プチ家出」をくり返している。つまり、好きなのである。他に理由は考えられない。家出っていっても「もう二度と帰って来ないわよ」というような怒りにまかせた家出ではない。

ぶらりと出かけたまま、戻らないのである。なぜ戻らないのかその理由が自分でもよくわからない。戻りたくないのである。出かけたらそのままずーーっと漂泊《ひょうはく》していたいという、妙な欲求が私の中にはある。

「このまま、ずーっとさすらっているのもいいなあ」と思うのである。

十七歳の頃もそうだった。

十七歳の時、私は寺山修司という人と出会い、その後、東京に行くとよく寺山さんの事務所に泊めてもらっていた。三田に「人力飛行機舎」という事務所があり、その二階にHさんという女性が住んでいた。彼女は「人力飛行機舎」で寺山さんのアシスタント兼秘書みたいな仕事をしているようだった。

そのHさんの部屋に何度か泊めてもらった。部屋というか事務所というかなんだかよくわからないごちゃごちゃした場所だった。

Hさんは、

「私は以前はタイピストだったんだけどね〜、なんか向かないから辞《や》めちゃったんだよね」

と自己紹介してくれた。二人でそのごちゃごちゃした部屋に雑魚寝《ざこね》した。ほんとに寝るためだけの場所である。昼間は東京の街をブラついていた。アテもなければ友達もいない。でも楽しかった。

「東京で遊ぶのなら『ぴあ』買ったらいいよ、便利だよ」

とHさんが言う。私が住んでいる茨城には「ぴあ」なんて売ってない。売ってたところで役に立たないものなあ。生まれて初めて十七歳の時に「ぴあ」を買って、すげえと思った。

東京っていろんな事やってる人がいるんだなあ、楽しそうだなあ、面白そうだなあ。純粋にそう思ったね。そしたら茨城が本当につまんなく感じて「あんなとこに居たってロクなもんじゃねえ、やっぱ東京だよ」と確信しちゃったんだよな。

その「ぴあ」に「ミニコミ作ってます、スタッフ募集」と書いてあったので、なんとなく友達が欲しくて電話してみた。ミニコミ誌って面白そうだなあと思った。「高校生なんですけど」と言ったら、おもしろがって男の子が二人やって来た。

二人とも大学生で、一人はもう大学を三つ変わっているという変な人だった。なんでも彼は「早稲田↓明治↓和光」と大学を変わったという。なんでかってえと「大学がつまんないから」だそうだ。

私はその後、本格的に東京に出て来て、彼らに言いつくせぬほど世話になるのだが、その話は長くなるのでまた別の機会にする。

そんな訳で、私の高校時代はとにかくお金を貯《た》めて、お金があれば東京に出て来ていた。「寺山さんとこに泊るから」と言って出て来た。もちろん私の母親は寺山修司なんて知らないのだけど、一度だけ寺山さんがテレビに出演していて、

「ほら、この人がいつも親切にしてくれる寺山さんだよ」

と言ったら「ほお」と感心していた。

うちの親は原始人なのでテレビに出ている人はみんな「偉《えら》い人」だと思っていたし、私は学校では生徒会の役員などしていて一見、優等生であったので、親は私のやることにはほとんど干渉しなかった。それで、十七歳の頃から、東京の繁華街《はんかがい》をブラブラしていた。

十七歳の頃、東京の雑踏《ざっとう》にまぎれ込むだけで楽しかった。なんであんなことが楽しかったのか今となっては気がしれないのだが楽しかった。なんていうかな、お祭りに来たみたいな気分だったんだ。日常じゃない、非日常の楽しさってのかな。

だから、テレビで放送されてた「プチ家出」をする少女たちの気持ちがとってもよくわかってしまう。そうそう、ほんと、楽しいのよね〜。私なんか今だにプチ家出オバサンだもんね。

私はいま、海ぞいの田舎町に住んでいて、仕事の時に上京する。なんで田舎に住んでいるのかとよく聞かれるのだけど、それはきっと家出をするためかもしれないと思う。東京に住んでいたら、タクシーでも家に帰れるし、これじゃあ家出にならないものなあ。でも、ここだと、最終を逃した時点から私の「プチ家出」が始まるのである。

「ぎゃあ、最終が行ってしまった！」

ここから私は考える。これから朝までどうしよう。

そして一人で繁華街の雑踏に佇《たたず》み、自分が十七歳に戻ったような不思議な錯覚《さっかく》にとらわれる。あの頃の私と、今の私となーんも変わってないじゃん、って思う。

そういう時、ああ、私は私なんだなあ、って妙に安心する。あたしはずううっとあたしだったたんだな、って。綿々とこのあたしで生きてきたんだな、って。

ある時は新宿で、ある時は渋谷で、ある時は六本木で、私は夜を明かす。場末のバーのカウンターの椅子《いす》に寝ている時もあるし、知らない夫婦のマンションの一室で目が覚めることもあるし、歌舞伎町《かぶきちょう》のお好み焼き屋で酔っ払っていることもあるし、女性サウナの仮眠室でマグロのような女の裸体にはさまれているときもあるし、高層ホテルの一室で優雅《ゆうが》にルームサービスをとることもある。恵比寿《えびす》の屋台で出勤するサラリーマンを見ながら朝になっても飲み続けていることもあるし、ゲーセンで知りあった女の子の部屋でレディスコミックを読んでいることもある。

どうでもいいし、なんでもいいのだけど、それはその時、その場限りの事で、永遠じゃない。その永遠じゃないところが、すごく好きなのだ。これっきりだから。これっきりの事をやってるとき、ああ、生きていて楽しいなあ、とズキズキと実感したりする。

そんな事して危険じゃないのか？　とよく聞かれるのだけれど、知らない人の家に泊って犯されそうになったり、怖い目に遭《あ》った事は今までに一度もない。たったの一度もない。単にラッキーだったのだろうか。

私の放浪癖《ほうろうへき》は十七歳に始まるから筋金入りである。

でも、ヤバい事は一度もなかった。だいたいヤバい人にはついて行かない。私は不良じゃない。どちらかといえば真面目《まじめ》な女である。単に放浪癖があるだけなのだ。さすがに行きずりの男の部屋に泊ることはない。それはリスクが高すぎる。

リスクについての認識を、私は年若くに持った。それは放浪するための自衛手段《じえいしゅだん》だったからだ。どんな行動もリスクをともなう。そのリスクを認識して、見合うか見合わないかを判断する。それを日常的にやっている。この「リスクを負う」という発想は、生きる上でとても役に立った。

どんな行動にも「リスク」は生じる。それが大前提だと思うことが自律的に生きるための第一歩だった。そして私はどちらかと言えば「手堅《てがた》くリスク回避《かいひ》」する方である。大胆だけど慎重《しんちょう》なのだ。

ワイドショーのスタジオでは、司会の大和田獏《ばく》さんが、

「私にも娘がいるんですけどね、こういう事（プチ家出）は許しませんよ。まったく親は何を考えているんでしょうねえ」

と怒っていた。

家出は十八歳までしかできない。高校を卒業したら、家に帰らなくてもそれは家出じゃない。それは自立って言うんだろう。

十八歳で本当に家を出てしまった私は、その後、結婚して子供ができるまで「家出」ができなかった。今また主婦になり母になり「家に納まった」ので家出ができる。うれしい。かつて出たかった家を、また結婚して持ってしまった。矛盾《むじゅん》している。そしてまたプチ家出してる。

家がないと出来ないのが家出なのである。

人間ってのはきっと、常に「今の状態を維持《いじ》しようとする力」と、「変わろうとする力」の二つに嘖《さいな》まれて生きているんじゃないかと思う。少なくとも私はそうだ。「変わろうとする力」が強くなると、身体《からだ》は微熱《びねつ》を帯びて熱くなる。熱くなると、心は柔軟《じゅうなん》になり変容しやすくなる。そういう時期は変化の時だけど、でも、自分がぐらぐらしていて危ない時期でもある。

この危ない時期を通り越すと、また「今の状態を維持しようとする力」によって安定がもたらされる。そのうちまた「変化の兆《きざ》し」が現れて、熱が上がってくる。「恒《こう》常《じょう》」と「変化」のサイクルは年をとるほど長くなってくる。でも、この永遠のサイクルを生きることが私は楽しい。

だから私は「プチ家出少女」をとがめる気にはどうしてもなれない。

プチ家出は「小さな旅」なんだと思う。そういう「小さな旅」には出ないより出た方がいいように私には思える。「旅」なんだから危険だってあるけど、それをさけて生きるよりはちょっとくらい危険だって「旅」に出た方がいいじゃないか、って思う。

きっと身体が熱を帯びて、変化を求めてるんだ。そう感じる。

爆発的《ばくはつてき》に変化しようとしている思春期に子供を恒常性に閉じこめるなんて、これこそ犯罪じゃないかと思える。

危うい変化の時期を経験して、私は少しずつ「自我」という自分の殻《から》を固めていった。まるで、海老《えび》が脱皮するみたいに。そうそう、海老は成長するために脱皮する。新しい海老の殻はぐにゃぐにゃに柔らかい。固い殻で身体を守っている海老が、成長のために危険を冒して柔らかい殻を身にまとう。きっと海老の内部も「恒常」と「変化」がせめぎあい、海老は成長のために微熱を帯びてるんじゃないかと想像してしまう。

成長するってことは、危険をともなうんだよ。成長は変化で、変化ってのは恒常性を壊《こわ》すものだ。変化している子供を、大人は「変わった」と言って非難する。それはあんまりだ。人は死ぬまで変わる。変わらない方が長い目で見たら不運だ。

そしてその変化のために「家出」は必要な儀式《ぎしき》なんじゃないか、って思えるのだ。

2

できればムカつかずに生きたい

「自分というものをもっとしっかりと見つめて生きたい」

というメールをたくさんいただく。

私もそう思う。しっかりした自分、ゆるがない自分。ムカつかない自分。そういう自分であったらいいなあとずうっと思ってきた。

なぜ自分はすぐムカついちゃうんだろう。これは私にとって長い長い間の疑問であった。

ところで私は多いときは日に二〇〇通ものメールをいただく。たくさんのメールをもらうのはうれしい。うれしいのだけれど、中には読むとカチンとくるメールもある。カチンとくるってことは真実が書いてあるのだ。だけどカチンとくるものはしょうがない。

すでに私の文章を読んでいる方はおわかりだと思うのだけれど、私はものすごく了《りょう》見《けん》の狭い人間で、しかもけっこう怒りっぽく、人間ができているわけでもなく、意地汚いし、自分本位だし、なにかにつけてとほほな奴《やつ》である。

頭も悪いので「あなたの文章には結論もまとまりもない」と言われるし、自分でも確かにその通りだと思う。私は結論というものが出せない。私のごときアホな人間が物事に結論を出すなんて怖《おそ》れ多いと思っている。だが、いきなり知らない人から「下手な文章」と言われると愕然《がくぜん》とする。

最近では「人間はうんこして生きる……というのは下品すぎないか。もっと上品な表現を使った方がよろしいのではないか」とか「母親が家族を支配するって決めつけないでください」とか「なんで親が子供を殺すのか分析してみてください」とか「あなたは本当は心にすごいトラウマを抱えているのではないか」とか「そんなに自分のことを書いて自分をいじめないでください」とか「結局今回もあなたの文章はまとまってない」とか「公に発言する時は他人への影響を考えて憶測《おくそく》で物を書いてはいけない」とか「心理学ってそんなにつまらないものなのか、読んで損した」とか、まあこういういろんなメールが来るわけだ。

で、私は心が狭い人間なので、これらのメールを読むとやるせなくなる。

「うーーー、勝手なことばかり言ってもうっ。私の分析はやめろ～！」

とまあ、こうしてパソコン画面の前でぶつぶつ独り言を言いながらメールを開いていく。それでも読む。やっぱり気になるところが気が小さい。

かつて私は人の意見と批判に対する猛烈《もうれつ》な拒否反応があり、見知らぬ人から批判などされたらそれこそマジでゲ～と吐いていた。その頃の私なら一通でも嫌なメールがあったら他のメールは開かないで全部ごみ箱にポイしていたと思う。かつて私はかなりの癇癪《かんしゃく》持ちだったのだ。

二〇代の頃、私は攻撃的な人間だった。

竹を割ったような性格で物事をはっきり言う、そういう奴だった。今でももちろんそうである。嫌な事は嫌と言うし、間違っていると思った事は間違っていると言う。ただし、今はニコニコしながら「イヤなんだけどな～」と言う。それはなるべく相手と対立しないためにだ。「ごめんね」とあやまりながら「イヤ」と言う。だけど昔はちがった。怒って「イヤだ」と主張した。強くイヤだと主張した。なにかこう怒りのパワーにまかせて「イヤだ」って言わないと、「イヤだ」って主張できなかったからだ。

なぜだろう。私は主張する時、いつも怒りのパワーが必要だった。自分を主張する時になぜか怒っていないと力が出なかった。だから、自己主張する時はいつも怒っていた。そういう人、たまにいるでしょう？　私はそういう奴だった。同じことを笑いながらできるはずなのに、私は怒っていた。怒っているかもしくは悲しんでいた。そういう自己主張しかできなかった。弱かったからだと思う。

もっと前、十代の頃は、自己主張すらできなかった。だからいつも苦しかった。思っている事が伝えられない。思っている事を言ったらバカにされると思った。「お前にそんなことできるのか？」って言われるのが怖くて「私にやらせてください」が言えなかった。やってみたいな、って思うことでも「やりたい」って言えなかった。欲しくても「欲しい」って言えなかった。「欲しい」なんて言ったら、身の程知らずってバカにされそうで怖かった。「好きになって」って言えなかった。そんな事言ったら「ごめん」ってあやまられそうで怖かった。だから「私は好きだけど、別に好かれなくても平気」みたいな顔をしていた。本当の気持ちがいつも言えない。自信がないから。

そういう時期を経て、仕事でちょっとだけ自信をつけた頃、私は怒って自己主張する人になっていた。強い自分に憧《あこが》れていたけれど実はまだ弱虫だったんだろう。だから自己主張する時に相手を威嚇《いかく》するようにしないとできなかったんだと思う。いつも、何かを主張する時は攻撃的で、それがけっこうカッコイイと錯覚《さっかく》していた。

人から攻撃されると過剰《かじょう》に反応した。人から何かを言われるのが嫌で嫌でたまらなかった。人の意見が全く聞けなかった。まして非難されたりしたらその一〇〇倍の言葉を費やして相手をやりこめようとした。アドバイスされるのも嫌いだった。「ここはこうした方がいいんじゃない？」と言われると「自分でもわかってたけど、なかなかできなくてさ」みたいな事を言った。

そして心の中で「あんたに言われなくてもわかってんだよ」と呟《つぶや》いている。すごく嫌な奴だった。ダメな自分を認めることがちっともできなかった。他人には攻撃的なくせに、他者の自分への攻撃は許さなかった。攻撃を仕掛けてくる人とは徹底的《てっていてき》にやりあった。言葉で。そうしないと自分の心が保てなかった。

徹底的にやりあわないと、相手の言動がいつまでも心にオリのように残る。相手の事が気になってたまらない。腹が立ってたまらない。そのことをいつまでも忘れられない。一日に何回も相手の顔や言葉を思い出す。そして思い出すと胸のあたりがカッと熱くなる。

まったく別の仕事をしている時でも、自分を非難したり自分のやり方に文句を言った相手の事をふいに思い出す。そして顔がほてってってくる。そうすると気分がざわざわして、なんだか集中力がなくなってしまう。一晩寝ても忘れない。つまらない事でも相手ときちんと決着をつけるまで忘れられない。

　だから私はなるべく決着をつけた。相手を呼び出して、

「この間の事なんだけど、ちゃんと話し合った方がいいと思って」

　と言って自分の気持ちを伝え、その上で自分も悪かったと伝え、相手からの謝罪《しゃざい》を受けないと納得できなかった。だけど、いつもその時にものすごく巧妙《こうみょう》に相手の弱みをついて相手を傷つけて自分をなぐさめたりしていた。

　これが二〇代の私だった。楽しいこともいっぱいあったけど、なんだかしんどかった。それはいつも誰かの言葉に傷ついて、そして腹を立てて、憤慨《ふんがい》して、自分を見失っていたからだと思う。

　私が心の安定……という事に興味をもつようになったのは、ヨガの瞑想《めいそう》の先生に出会ったことがきっかけだった。と言っても私がヨガを習ったというわけではない。当時、私は「瞑想」というものが何なのか全くわかっていなかった。バグワン・シュリ・ラジネーシの本など読むと、瞑想とは自分にいたる道のようだ。だが、瞑想って何なのかがわからない。

だいたい、瞑想というのは見ているだけのように見える。目をつぶってじっとしているだけだ。そんな事でなぜ精神的な体験が得られるのか。いったいあの目をつぶっている間にどんな体験があるのか、それは不思議な体験なんだろうか、だとしたら自分もそれを体験してみたい、そういう事を考えるミーハーな奴だったのだ。

で、ある時、たまたま友人の紹介で知りあったヨガの先生に質問してみたのである。

「瞑想っていうのは、どういう状態になることを言うんですか？　瞑想すると何が変わるんですか？　瞑想中ってどんな気分なんですか？」

「そうですねえ、瞑想というのは心が安定した状態です。静かで安定した状態に心をもっていくのが瞑想です」

わかったようでわからない。

「それは、ただ目をつぶっているのと違うんですか？　どう違うんですか？」

「言葉で説明するのは難しいですねえ。ただ目をつぶっているといろんな事を考えますよね、いろんな事を考えないで目をつぶっている状態と言いましょうかね」

何も考えない状態で目をつぶっているのが瞑想？　なんだそんな事か、と私は思った。

簡単じゃないか、と。

「そんな簡単な事なんですか？」

「簡単なように思えるかもしれないけれど、何も考えないというのは非常に難しい事なんですよ。人間は常に何かを考えてしまいますからねえ」

確かに、私は常に何かを考えている。だけど、考えないことだってできそうだ。で、私はアホなのでさっそく夜、眠る時に何も考えない事をやってみようと思った。二二歳の頃だ。布団《ふとん》の中に横になって、何も考えないようにする。ところが何も考えないようにしよう、と考えている。これではヤバイ、何も考えないことを考えるのをやめなくちゃ、と思う。ところがやめなくちゃ、と思った時点でもう考えているではないか。

「これじゃあキリがないよ」

と私の頭はグログロになってしまった。

どうやったら何も考えないでいられるんだ、そんなこと不可能なんじゃないかって思えた。考えまいとすればするほど頭の中が言葉でいっぱいになっちゃうのだ。

自分が何も考えてない時ってどんな時だったろうと思った。私は当時、演劇をやっていて役者を目指したりもしていたのだけれど、そういえば何かの役を演じている時は何も考えていないような気がした。それから、歌を歌っている時も何も考えていないような気がした。つまり他の事に集中している時、自分は何も考えないみたいだ。

「そうなんですよ」とヨガの先生は言う。

「だから瞑想では呼吸法がとても大切なんです。自分の呼吸に意識を集中するんです。そうすると呼吸に意識が向いているので何も考えない状態が訪れる。その状態が大切なんです。その状態をなるべく長く維持《いじ》するようにしていけばいいんです。そうしていくとだんだんと自我というものが薄らいでいきます」

だが、私はこの時はヨガも瞑想も呼吸法も練習しなかった。

なんだかバカらしく感じたのだ。だって、自分ってものがなくなってしまったらつまんないじゃん、って思った。二二歳の私には、自我を消すということがうまく理解できなかった。そんな風に透明の自分になってしまったら、おもしろいことも、悲しいことも何も感じなくなってつまんないじゃないかって思ったのだ。だったら私は悟《さと》らなくてもいいや、って。

鏡のように真っ平な平静な心にあこがれはしても、自分がそうなりたいと思わなかった。恋もしたいし、金も欲しい。物欲にまみれて心は乱れても、それが人生じゃん、って私は思ったのだ。

その後も私はどういう縁でか、気功《きこう》やら、ヒーリングやら、心理学から心理療法《しんりりょうほう》やら、ニューエイジ、超能力からオカルトまでさまざまなワークやそれに携《たずさ》わる人となぜかめくるめくように出会ってしまうのだが、どんな所に行っても必ず、基本は呼吸である。

これはもうご多分にもれず、この世界の心と身体《からだ》に関することの基本は「呼吸」である。ハイいらっしゃい、ではまずは呼吸ね、と言われる。どこへ行っても、誰に会っても絶対に「呼吸」なのである。呼吸、この単純な吸って吐いて……いや、吐いて吸っては精神世界のイロハのイであるようだった。

呼吸は、その字の通り「吐く」そして「吸う」である。いかに吐くかが問題であって、吸うのはまあ、どうでもいいと言えばどうでもいい。オギャーと生まれた時も人間はまず息を吐くのだ。そして吸う。というよりも吐かないと吸えない。あまりにも単純なので忘れてしまいがちなんだけど、呼吸というのは生命活動の基本だ。私は生まれてこのかた呼吸を二分以上止めたことは一度もない。おお、なんと凄《すご》いことだ。

無意識的に行っている呼吸に意識を集中する。それも「吐く」ことに。

すると、その時、確かに何も考えない瞬間が訪れるようになる。それを繰り返していると、なんだか自分が肺そのものになったような気分になる。それでも私はまだ、瞑想《めいそう》も、呼吸法も、ヨガも習う気にもならなかった。呼吸ってすごく大切なんだなってのは頭でわかったが、自分が実践してみる気になれなかった。

実を言えば、私は精神世界というものとなぜか縁は深いのだが、あまり好きではなかった。ニューエイジにかぶれている人はどっかヒッピーっぽくて変だし、トランスパーソナルにも魅力を感じなかった。ヨガをやってる人は骸骨《がいこつ》みたいで気持ち悪いと思っていた。気功って胡散臭《うさんくさ》いと思った。ましてや心理療法に携わる人はなんだかおためごかしのいい人風で嫌だなあと思っていた（もちろん今はそんなこと思っていない）。どれもこれもなんだか肌に合わなかったのだ。

三〇歳になって、すっかり精神世界から足を洗ってアウトドア派に転向した私は、ヨットやダイビングやカヌーや山登りを始める。ところが、こっちの世界でもやっぱり基本は呼吸なのである。息。

ダイビングはイチニサンシで吐いて吸う、このリズムで海中でエアを呼吸する。ヨットやカヌーは自分の息とシンクロさせながら風や波の息を読む。山登りも歩きながらの正確な呼吸法が大切だ。人間は呼吸によって自然とつながっている。そのことを実感した。なぜかわからない、息を吐いて吸うことで世界の脈とつながれる。

いったい、息って、呼吸って何なんだよ。不思議だった。これほど人間にとって重要なものが他にあるんだろうか？　でもいったいなぜ？　そしてなぜ多くの人はこの事実を知らないのか。

呼吸に意識を集中して、呼吸を整える。そのことに慣れてくると、確かに情緒《じょうちょ》は安定する。興奮《こうふん》している時は過呼吸気味だし、緊張《きんちょう》している時は息を止めがち……つまり酸欠《さんけつ》がちだ。そういう時に、身体への酸素《さんそ》の供給量を安定させてあげると気持ちが落ち着く。それは理屈でわかる。脳内物質が調整されるからだろう。

でも、それと同時に、もうひとつの事が起こる。それがセンタリングだ。センタリング、つまり自分の中心に意識が落ち着く……というべきか。

よく、呼吸法で「丹田《たんでん》（おへその下の下腹部のあたりのこと）に意識を集中して呼吸してください」というような事を言われる。丹田に集中しながら呼吸をしていると、私は妙な気分になる。うまく言えないのだけど、なんだか川のなかにぷよぷよ浮かんでいるような感じ。ちょうど丹田のあたりに鉛《なまり》が入っていて、私の身体は川底に乗っかった起き上がりこぼしみたいに座っている。重心が鉛だから流されることはないけれど、川の水が身体の周りに水流をつくりながら流れ去って行く……そんなイメージだ。

気功の研究家の上野圭一《けいいち》さんに言わせるとそれが「センタリング」なんだそうである。自分の中心を知ること。そして、自分の中心に意識を置けるようになると、外部からの刺激《しげき》が加わってもその中心から自分が大きくそれることがなくなり安定するのだそうである。早い話、ゆったりと意識的に呼吸していると、自分の中心に居ることができるようになる……ということなんだろうか。このあたり、うまく言葉では表現できない。

ただ、私は確かに二〇代の頃、キャンキャンわめくスピッツ犬のような呼吸をしていたな、と自分で思う。それに比べれば確かに呼吸というものの重要性を知った今、そして呼吸に意識を向けるようになった今は自分という中心からそんなにズレなくなった。

相変わらず私はおっちょこちょいだし、短気だし、人の目を気にするし、ちょっとのことでクヨクヨするし、もらったメールで落ち込んだりするし、ＪＲの駅員の対応に腹を立てたり、電話の勧誘員《かんゆういん》に真面目《まじめ》に説教したり、そういう事をする奴であるが、でも、根に持たなくなった。すぐ流れてしまうのだ。

いくらなんでも物忘れが激しくなる年ではまだないので、たぶんそれは自分にセンタリングすることができるようになったからなのじゃないかなあと思うのだ。最近は、不愉快だなあと思っても、それはだいたい一〇分から二〇分で消えてしまう。非常に精神衛生上良い《せいしんえいせい》。これは忘れてしまうのでは決してない。日本語にちょうどぴったりの表現がある。「水に流す」って感じなのだ。

水に流す……のニュアンスは「フォゲット」ではないよね、忘れるんじゃなくて、流れていく。そう、まさにそんな感じなのだ。

川の上を、プカプカと壊《こわ》れた下駄《げた》が流れてくる。それが自分にぶつかる。自分もなんとなく下駄の方に引かれる。でも自分には重心がある。いつしか下駄は自分を離れてどんどん下流へと流れていく。自分はまた元の位置に戻る。そういう感じだ。影響は受けるのだけど、自分もいっしょには流れない、外から来たものが去っていく。

それで、私は思った。なんだそうか「こだわりを捨てる」とか「欲を捨てる」とか言うけど、それは「こだわらない」「欲を持たない」ということでは決してなくて、「一度こだわって、すぐ捨てる」ってことだったんだなあ、「一度欲しがって、でもその思いからすぐ離れる」ってことだったんだ。それならわかる。

私は二二歳の頃「こだわらない」「欲しがらない」のが自我を捨てることだと思ってた。

だから、そんなのつまんないって思ってた。そうじゃなくて、あらゆる刺激に反応しながら、でもそこにとどまらない……って事ならこんな素晴らしい生き方ってないなあって思えた。そんな風になれたらいいなあ、って初めて思えた。反応するけどとどまらない。影響されるけど流されない。自分に戻る。こんな簡単な事が私はアホなので一五年もわからなかった。

というわけで、下世話な話に戻るのだが、私はそれほど物事にはこだわらなくなった。

おかげでずっと憎み合ってきた親とはずいぶん前に和解したし、誰とも喧嘩《けんか》もしていない、嫌な事もそれほどないし、比較的お気楽に「とほほ」と暮らしている。もっと早くこうなりたかったなあと思うのだが、まあ、自分が愚《おろ》かなのだからしょうがない。よって、いろんなメールを読んでも、「こんちくしょう」と思いながら立ち直り、何通もらおうが読む。

相変わらず私は呼吸法を習ったことはない。瞑想《めいそう》は教えてもらったけど瞑想しているとすぐ寝てしまう。けれども、ヨットやダイビングや山登りを通して自然と出会った。山や海から瞑想したり、呼吸したりするのと同じような感覚を学んだように思える。自然といっしょになって、それを身体に取り込み、そして吐きだす。風や波と呼吸を感じること、それに合わせること。

これまた、私のつたない経験から感じることなのだけど、自分にセンタリングして生きている人たちというのは、確かに物事や他人にこだわらない。こだわらないけど、人間的で泣いたり笑ったり、怒ったり悲しんだりしながら、だけどすぐごろんと自分に立ち返ってニコニコしている。すごく魅力的だ。逆に「私は達観《たつかん》しているので何物にも動じないよ」という風情《ふぜい》の人は、のっぺらぼうでチャーミングじゃない。だから私は何事にも動じない人のことはちょっと苦手だったりする。なんだか、怖いのだ。

何にもゆるがない人ってのは、いくらニコニコしててもどっか頑固《がんこ》に見えてつきあいづらい。もちろん、それも一つの生き方で、極《きわ》めればカッコイイかもしれないけれど、私みたいな一般人向きではないなあと思う。

いくら動じたっていいんだ。落ち込んだっていいんだ。びろーーんって自分に戻って来れば。考えたらこれって、子供たちが日常的にやってる事だ。嫌なことがあっても、立ち直って自分に戻る。ただ、その戻る時間が早いか遅いかだ。自分に戻るのに一〇分しかかからない人もいれば一〇年かかる人もいる。

最近は、ただ元の自分に戻って来るだけじゃあ進歩ないいんじゃないかな、なんてことを考えていた。それに、立ち直りが早いというのもどうも軽薄《けいはく》な感じがするよな、なんて思ったりしてた。私は「重厚《じゅうこう》に生きろ」という学校教育を受けたせいか、物事を軽くとらえることに罪悪感がある。

そしたらこの間、その答えを夢でもらった。


夢のお告げ……なんてことを書くと、またしても非科学的な怪《あや》しい奴《やつ》と思われそうだけれども、私の夢生活七年の間でも特筆《とくひつ》すべきおもしろい夢だったので、誤解《ごかい》を恐れずに書いてしまおう。

五月一四日から二泊三日で戸隠《とがくし》に旅行して、戸隠神社を参拝してきたのだ。戸隠に着いた晩におもしろい夢を見た。夢の中に十九歳くらいの少年が登場する、その少年がこんな事を言うんだよね。

「やって来るものを受け止めながら手放していけばいいんだよ。どんなものでも自分にやって来るものはプレゼントだ。受け止めて手放せばいい。そうしていくと、受け止めた衝撃《しょうげき》で流れが起こって自然にあるべき方に流れていく。自分でありながら、でも流されろ。自分の外から来るものは、全部、プレゼントだ」

目が覚めて、なるほどなあ、と思った。この少年は他にもこんな事も言っていたっけ。

「どんな考え方もあっていい。間違いってのはない。どんな考え方も世界にグラデーションを作るためにある。どんな考え方も世界に濃淡《のうたん》を与え、世界を立体にする。だからどんな考え方も世界を描く点描《てんびょう》の点だ」

戸隠という場所は不思議な場所だ。

戸隠神社、特に宝光社と奥社の杉の並木は幽玄《ゆうげん》で美しい。すうっと心が静まる感じがする。静謐《せいひつ》な自然に触れると自分の中心にすとんと戻れる感じがする。

旅行に行く前、たくさん来るメールにどう対応しようかと考えていたので、戸隠でこんな夢を見たのかもしれない。私にメールをくれるみなさんの心や、それからいろんな人のそれぞれの生き方についてあれこれ考えていた。

人によっては「書き手は読者の意見を聞き過ぎると潰《つぶ》される」という。だけれども、やって来るものがすべてプレゼントだとしたら、そして私が自分の中心にいつも戻って来れれば、これらのメールは私をどこかへ導いているはずなのだ。そして、私は世界の濃淡を作る点描の点の、そのひとつひとつに日々、触れているのだ。その点が描く世界とはどんな世界なのだろう。

まだ、近視気味の私にはよく見えない。

「わからない」を生きる

「明日、テレビに出るんだ」

と、私の出版記念パーティの席で、森達也氏が言う。

なんでも、最近撮影《さつえい》したオウム信者の映像を公開するのだという。森さんは「A」というドキュメンタリー映画を撮影した監督である。

この映画「A」はオウム真理教のサティアンの内部に入って森さんが撮影したものだ。めったに見ることのできないサティアンの内部が克明《こくめい》に映されているし、信者の人たちの素顔、そしてマスコミの素顔が垣間見《かいまみ》れる奇妙なドキュメンタリーである。

この映画の凄《すご》いところは「サティアンの内部から外を観《み》ている」ところである。まったく逆の視点でカメラは外の世界をとらえている。住民運動に関わる人々、弁護士、警察、そして連日連夜張り込みを続けるマスコミ。

森さんはオウム信者の女性からこんなことを言われてる。「マスコミの人はたくさん来たけど、オウムの施設《しせつ》に来て外ばかり撮ってる人は初めてです」。そして森さんに撮られているマスコミ陣の無防備ぶりもおかしい。常に自分が撮影者である側は、自分が撮影されていることに実に無頓着《むとんちゃく》なのである。

「オウム内部から外を撮り続けるなんて、自分はやっぱり変なのじゃないか」と森さんは思う。でも、撮らずにはいられない。そこには、新しい真実がある。別のリアルがある。視点を変えると、常識と思って来たものがひっくり返る。正義と思って来たものが豹変《ひょうへん》する。いったい何が本当で何が嘘《うそ》なのかわからなくなってくる。奇妙な倒《とう》錯《さく》が起こる。

翌日の「ザ・スクープ」に、本当に森さんは出演していた。

オウム信者の最新映像も流れる。

記者会見の前にくせ毛をムースで押さえようとする荒木氏。

彼は整髪ムースの使い方を知らなかった。

それを見て笑う村岡女史。普段は見せない笑顔を、信者は森さんのカメラの前では見せている。

出所した上祐氏へのインタビューなどもフィルムに収められていて、上祐氏が「荒木君は過激《かげき》だからなあ」と呟《つぶや》いているのが妙に印象的だった。

映像が終わった後で、ニュースキャスターの鳥越俊太郎氏が森さんに質問しているのだが、その質問の内容は「いったい彼らは何を考えているのだ?」というようなものだった。「いったい信者たちは麻原氏が殺人に関与したとは思っていないのか?」と。

それに対して森さんは憮然《ぶぜん》と、

「彼らは、よくわからないと思ってると思います」

と答える。

「僕らと同じだと思いますよ。僕らだって、ほんとのところはよくわからないでしょう」

それを聞いた鳥越俊太郎氏はあきれ果てた顔で聞き直した。

「森さんは、実際に麻原が関与したかどうかよくわからないと思ってらっしゃるんですか!」

あちゃー、森さん、言うなあ……、と思った。

観終わってさっそく「今、日本であんなことをテレビで言うのは森さんだけだよ」

とメールを書いたら、翌日には返事が来ていた。

そのメールにはこう書いてあった。

「小人プロレスラーや放送禁止歌などをテーマに作品を作り続けてきたけれど、どうやら僕自身が、今の日本社会では寛容《かんよう》されない存在になりつつあるようです……」

テレビ朝日には番組放送中から抗議《こうぎ》の電話が殺到《さっとう》して交換台がパンクしたとのこと。

「なぜ、殺人集団オウムの信者たちが笑ったりふざけたりしているような映像を流すのか？　坂本弁護士や地下鉄サリン事件被害者遺族《ひがいしゃいぞく》のお気持ちを考えないのか？」

以前に、私がコラムの中で荒木浩氏の印象を肯定的《こうていてき》に書いた時も、「田口さんをみそこないました」「あなたは全くどうかしている」「オウムを擁護《ようご》するなど信じられない」という激しい批判のメールを多数もらった。

そうなのかもしれない。私は常識はずれでどうかしているのかもしれない。だけれども、私の中にはどうしてもオウム信者への矛盾《むじゅん》が生じてしまう。それはいくつもの疑問となって浮上する。

どこにも住む場所のない人々を作ってしまっていいんだろうか。

オウムの子供たちを教育から閉めだしていいのだろうか。

告訴《こくそ》されてもいない十六歳のアーチャリーを逮捕していいものなのだろうか。

彼らのすべてを悪と見なしてよいのだろうか。わからない。

「ランディの意見は圧倒的にこの日本では少数派だよ」

と、翌週に会った時に森さんが言った。

「そんなことないよ、地下鉄サリン事件から五年たって、ずいぶん日本は変わってきたと思うよ。私のところに来るメールだって、オウムをもっとよく知るべきだ、警察やマスコミの対応は偏《かたよ》りすぎていておかしい、って意見が少しずつ増えてきてる」

「それも少数派の一部なんだよ。まだ世間は圧倒的にオウムをつぶせ、と思っている。つぶせば解決だと思っている」

「そうなのかな、みんな心のなかではほんとは変だと思ってると思うよ。声に出せないだけで」

私が私の人生において確信できることはごくわずかだ。

私は自分の兄がどうやって死んだのかも知らない。自分のひいじいさんが誰だったのかも知らない。かつて、つきあった男がふたたまたかけているのもわからなかった。

冷たくされてもまだ、フラれているのがわからなかった。「実はこの女とつきあってるんだ」と目の前で言われても信じられなかったことがある。

私は自分の娘が自分のお腹《なか》から生まれて来たことを知っている。それは私の体験だった。まぎれもない私の体験だった。でも、生まれて来る時に娘が何を感じていたかはわからない。私は私の人生しか知りえることができないのだ。

そして、私が存在しない場所で起こった事、それはすべて謎《なぞ》だ。

たった今、父が実家で孤独死していたとしても、私はそれを知らない。たった今、私の家に泥棒《どろぼう》が入ろうとしていても私はそれを知らない。

泥棒が私の部屋に入って来て、目の前に現れて包丁を突きつけた時、それは私にとってのリアルになる。体験になる。でも、扉一枚向こうの出来事を私は知らない。

そう考えた時、なにか得体の知れない恐ろしさで足下がぐらぐらしてくる。怖くなる。なんでこんなに何もわからないのに、私は平気で生きていけるんだろうと怖くなる。

知ろうとすれば知ろうとするほど、知りえないことの大きさに唖然《あぜん》とする。知ろうとすると、実は私は事実なんて何も知りえないのだという、「わからなさ」の奈落《ならく》に落ちていく。

あんなにもオウム信者を撮り続けた森さんが「わからない」と言うのは、彼が必死で知ろうとした結果かもしれない。見続けて、追い続けるほどにわからない。知ろうとしなければ、深く知ろうとしなければ「わからない」ことを見ないで済む。

私は、やはりオウム真理教という存在について、もっと知りたいと思う。

私には「わからない」。知れば知るほど「わからない」ことが深まるかもしれない。だけど、それでも知りたいと思う。

知らなければ対立してしまう。対立は怖い。勝った時はいいけど、負けたら恐ろしい。私は臆病《おくびょう》な生活者だから、一か八かの対立を嫌うのだ。

オウムは殺人集団だ、悪だ、危険だ、とわかっている人はとても多い。だとすれば「わからない」と矛盾を抱えている人たちと私は出会いたい。

そして「わかるため」に話しあいたい。

もちろんどのような情報も真のリアルではない。それもわかってる。でも、どうしようもないよ。これが私という意識体の限界なのだ。神ではなくて人間に生まれた事の宿命だ。見てないことはわからない。永遠の「わからなさ」を生きるしかない。

オウム信者の人たちは真理を「わかっている」かのようだ。

この世界がどうあるべきか、善は何か悪は何か「わかるはずもないこと」を彼らはわかったふりをしている。本当は「わからない」で悩んでいるのに「わかったこと」にしている。

私は違う。私は「わからない」を生きてやる。永遠の「わからなさ」を抱えて生きてやる。

もし「わかって」しまったら、私は閉じてしまうから。

「わからなさ」を生きている時、私は人と対立しない。開かれている。矛盾を抱えているとき、私は他人を排除しない、攻撃しない。

「わからなさ」は苦しい。

でも「わからない」限り、私は知ろうとする。知るということは自分の思考に異物を取り込むことだ。それは苦しい。でもたとえ苦しくとも「わからなさ」は私の怒りや憎しみを少し緩和《かんわ》してくれる。

「わからない」とき、私は求めている、他者を。

「わかった」と何かを強く確信した時、私は「わかってない」他者をたたきつぶすかもしれない。

そういう自分がとても怖い。

私の身体《からだ》は誰のもの？

先日、読者からとても興味深いお返事をいただいた。少し長いけれど、このお手紙を紹介したいと思う。

私は、最近自分が摂食障害《せつしよくしようがい》（今は過食症）ではないかと悩んでいて、そのせいもあって人の肉体（生きていても、死んでいても）というものに強い関心を寄せています。

「人は、自分の身体を自分の意のままに取り扱っていいのか？」

ということを最近よく考えます。というのも、私がダイエットを始めて、順調に体重が落ちていた頃、私はとても前向きで、明るく思考も行動もすべてにやる気がみなぎっていて、意欲的な毎日を送っていました。そんな時、ある雑誌で「なぜダイエットは快感なのか」ということが書かれているのを読んで、なるほどね、と思いました。

その雑誌によると、子供の頃は受験戦争で抑圧《よくあつ》され、大人になったら不況で就職もままならず、常に身の回りの状況に不満を抱いて生きてきた現代人は、心のどこかに、何か一つくらい自分の思いっきり好きなように支配できる物が欲しい、と感じているという。それが、たまたま「きれいになりたい」とか、「男にもてたい」とか、マスメディアの煽《あお》りとか、単純な理由で始めたはずのダイエットで、「あら、努力すれば体重って意外と単純に落ちるのね」と気づいた瞬間から、その、自分の意のままに改造できるおもちゃ（＝自分の身体）の魅力に取りつかれ、自分の身体を好きなようにデザインできるという錯覚《さっかく》におちいっていくのだという。

確かに、私にも、そう言われてみると、そんな「支配欲」の充実に近い快感があったなあと思う。そして、よく思った。ああ、私は私の意志で、この細い体を選び取ったのだ！　だれかれの押しつけではなく、まったくの自由な意志と、努力で！　と。

しかし、それは長く続かなかった。ある時点から攻守逆転して、一気に攻められつづけ、すっかり被支配者になってしまった。そして、その悔しさから自暴自《じぼうじ》棄《き》になって食べつづける日と、もう一度巻き返しを図りたいと奮起《ふんき》する日が交互に訪れた。それは今も続いている……。

私は、今回の一連の臓器《ぞうき》移植《いしょく》のニュース報道を見る前から、臓器移植には賛成だった。だって、死んだらそのうち肉体は腐《くさ》って、いくら遺族《いぞく》がもっと別れを惜しみたいと思っても、そのまま置いといたらとんでもないことになる。だから日本では通常は火葬にされ、四九日が来ると、納骨されるんだ。でも、あんなに熱い竈《かま》の火の中へ入って行くことも、何の宗教も持たない私が、死んだ時だけにわかにかり出されてきた坊さんにお経を読まれることも、四九とかいう私にとっては何の意味も持たない日数の後に、お墓に埋められることも、すべて自分の意志ではないのだ。

だったらせめて一つくらい、つまりまだ焼かなくてもよさそうなところを誰かの役に立てられるのなら、それを自分の遺志《いし》として残してゆけるなんて、素晴らしいことだな、と思ったのだ。

ただね……自分の身体をどうしようと私の勝手じゃない！　なんてこと、本当に言っていいのかな。よく、妊娠したことに気づいた途端《とたん》に、お酒や煙草《たばこ》を止《や》めたり、急に健康に気をつかったりする人がいるでしょう。そして「私一人の身体じゃないから……」って言うでしょう。

ほんとに、その時だけ自分の身体は自分だけの物ではなく、それ以外の時は自分だけの物で、だからどう取り扱ってもいいんだろうか。

自身のダイエットや過食の経験と、臨死体験《りんしたいけん》（私はまだしたことがないですけど）と、ランディさんのお母様の、さぞ美しかったであろう死顔とが、今、私の中で渦巻いています。まだ、当分答えは出せそうにもありません。

ペンネーム　ジャンヌ

翻訳家であり鍼灸師《しんきゅうし》でもある上野圭一《けいいち》さんのお宅にうかがった時のこと。

上野さんは『ヒーリング・ボディ――からだを超えるからだ』（サンマーク出版）の著者でもあり、またアンドルー・ワイル著『癒《いや》す心、治る力』（角川書店）の翻訳者としても知られる。

その上野さんがこう言うのだ。

「女子高校生の売春と、臓器移植は問題の本質がいっしょなんです」

私は驚いて、上野さんに聞き返した。

「ええ～？　売春と臓器移植がですか？　それはどういうことですか？」

「どちらも、発想はいっしょです。自分の身体なら自分で何をしてもいいだろう、という。自分の身体について意のままにしてもいいし、何をしてもいいのだ、それは自分の所有物だから個人が自由に裁量《さいりょう》していいのだ、という考え。その考えの延長に少女売春があり、臓器移植もあるんです」

上野さんの言うことはわかるような気がした。が、なんとなくすっきりしない私は、実は心の中にこんな疑問をしまい込んでいた。

「自分の身体って自分のモノじゃなかったの？　自分の好きなようにしてはいけないんですか？」

でも、こんなことを単刀直入に上野さんに聞いたらなんだか軽蔑《けいべつ》されちゃうような気がして、凡人《ぼんじん》の私は「そうですよね〜、なるほど」と相槌《あいづち》を打って帰って来てしまったのである。

しかし、こういう疑問を解消しないで放置すると、それはどんどん気になって大きくなる。まるで虫歯の穴みたいに。そんな時に、ジャンヌさんからのメールをいただいたのだ。そして、このメールはなにか新しい予感のようなものを私に与えてくれた。

彼女は語っている。《ある時点から攻守逆転してしまった》と。すっかり身体の方に自分が支配されてしまったと。これはいったい何を物語っているのだろう。

下世話な私がすぐ思い浮かべたことは、恋愛とお金のことだった。

恋愛というのも、相手を所有したいと思ったとたん相手に見事に支配されてしまう。お金というのも、お金を所有したいと切望したとたん、お金に支配されてしまう。およそなにかを所有して意のままにあやつりたいと思った瞬間《しゅんかん》から、その対象物に自分は所有されてしまう。

うーん、なぜだ。なぜかわからぬが、考えてみればそうだ。

ということは身体も同じなのだ。身体を意のままにしたいと思ったとたん、身体から支配されるのだ。

でも、ちょっと待てよ。私と私の身体は同一のはずだ。それなのに私はなんで身体を所有しようとするのだろうか？　身体を思いのままにしようとしている《私》っていったい誰なんだ？

わからん、さっぱりわからんぞ。

というわけで、私は「からだの所有」について研究している頭の良い人を探した。どだい私はアホなので自分で考えても限界があるのである。するとガブリエル・マルセルという人が、ちゃんとそれについて考えていた。

マルセルさんは、著書『存在と所有』のなかでこんな風に語っている。

身体性は存在（あること）と所有（もつこと）の境界ゾーンである。あらゆる所有は、何らかのかたちで、私の身体と関連づけて定義《ていぎ》される。この場合に私の身体とは絶対的な所有であること、そのことによって、いかなる意味でも所有はありえなくなるものである。所有とは何者かが自分の意のままになるということ、何ものかに力を及ぼしうることである。このように何ものかを意のままにできるということ、あるいはここで行使《こうし》される力には、明らかに、つねに有機体《ゆうきたい》が干《かん》渉《しょう》している。ここでいう有機体とはまさにそのような干渉によって「私はそれを意のままにできる」と言えなくさせるようなものである。そして私が物事を意のままにすることを可能にしてくれるその当のものが、現実には私の意のままにはならないという点、まさにこの点におそらく不随意性《ふずいいせい》（意のままにならない）ということの形而上学《けいじじょうがく》的な神秘が見てとれるのだろう。

難しい〜。しかし、マルセルさんをもってしても、絶対的な所有である自分の身体が意のままにならないというのは「形而上学的な神秘」だと言っている。

そうか神秘なのか。まいったな。

なんとなくおぼろげにわかってきたのは「何かを所有したい」という欲望は、危険な欲望みたいだということだ。だから、宗教者はこの所有の欲望を捨てるところから始めるのだな。オウムの信者は出家して自分の身体を別の誰かにあずけてしまうことで身体の所有を放棄《ほうき》するわけだな。なんという乱暴な所有の放棄だろう。でも、確かにそうすれば「身体という所有」を超えることができそうだ。

きっと「自分の身体は自分のモノである」のではなくて「自分の身体は自分である」なのだ。

だから自分の「モノ」でない身体を「自分の身体だから意のままにできる」と思うのが間違《まちが》いなのだ。私はこれを混同してしまっているのかもしれない。それでも、おバカな私にはなぜ自分の身体が自分のモノではないのかが実感としてわからない。頭ではなんとなく理解できる。でも実感としてわからないと私はダメなんだ。

さて、ごく最近、私はある編集部から依頼されて『「森のイスキア」で話したこと』(宮迫《みやさこ》千鶴&佐藤初女《はつめ》、創元社)という本の書評を書いた。そして、ここに登場する佐藤初女さんの生き方に深い感銘《かんめい》を受けた。

佐藤初女さんは青森県の弘前《ひろさき》市郊外の森に住んでいる。彼女の家は「森のイスキア」と言う。ここで彼女はどんな人のことも受け入れる。多くは彼女の噂《うわさ》を聞いてやって来た「心に悩みを抱えた人たち」だ。誰かが訪ねて来ると、初女さんは森から摘《つ》んできた新鮮な食材で心をこめてお料理を作る。そうして寝食を共にしながら三度三度ちゃんと食事をしていくと、なぜかみんなだんだん元気になり、そして帰っていくのだそうだ。

初女さんは多くを語らない。人間を分析したりもしない。ただあるがままに受け入れて、そして自然の恵みをたくさん食べさせてくれる。彼女は《食べることは生きることだ》と確信している。「森のイスキア」にやって来る人の多くは、最初は本当に何も食べられないほど消耗《しょうもう》し元気がない。そういう人が、二日三日とたっていくとだんだんと食べられるようになってくる。食事がすすむようになると表情そのものが変わってきて、それを見ると初女さんは「ああ、もう大丈夫だな」と思うのだそうだ。

自然の恵みをおいしくいただくと人間の身体は元気になっていくという。

だから初女さんは、食べ物をいただく時はその食物の命をいただいているのだと言う。

「なるべくおいしくいただかなければ申し訳ないと思うんですよ」

と初女さんは言う。初女さんはたくさんのお漬物《つけもの》を漬けている。すると夜中にお漬物の声が聞こえる気がするのだそうだ。「石が重い。もう食べてください」お漬物がそう言っているような気がして、気になって夜中に様子を見にいくことがあるという。

この話を読んで、そしてジャンヌさんからの手紙を読んだ時に、私はようやく自分が「食らう存在」であることを思い出した。

私という身体は、食べるという行為なしには考えられない。あたりまえのことにびっくりしてしまった。臓器《ぞうき》移植《いしょく》どころではない。だって私は他の命（植物や動物）を食べて、そして自分の細胞を総とっかえしながら生きているのではないか！　と。

身体というものを通して、私たちは他の生き物を取り込んで生きている。一日もおこたることなく食べ続ける。身体とは、そのようにできている。食べないと死ぬ。生きるために食べ続ける。それが私なのに、そんな燃費《ねんぴ》の高い存在なのに、それを意のままになどできるわけがないなあ、と思う。早い話、私というのは死んで口に入ってくれた生き物によって生かされている存在なのだ。ぎゃあ、てんで情けない。

しかしこんなあたりまえのことを、私はなんで気がつかなかったんだろう。

私は料理が好きだけれども、例えば「このアサリさんを早くボンゴレにしてあげないとかわいそう」などと思って調理したことはない。「この春菊を早く茹《ゆ》でてあげておいしく食べよう」とか思ったことはない。佐藤初女さんは「いただく」という美しい言葉を使う。私はいつも「食べる」と言う。食に対する意識が違うのだ。

ダイエットしようとして、食物を取り込むのをやめると、身体が意のままにならなくなる。ところが感謝しながら食べていると、身体は健康になり心と身体が一致してくる。

命と命の連鎖《れんさ》に支えられて、人は《自分を所有する》という意識を超えるのだ。臓器移植、摂食障害《せつしょくしょうがい》、少女売春、そのようないろいろな自分の身体にまつわる問題が浮上するのは《所有を超えるための試問》のような気がする。なんでこんな問題が私たちを悩ますのか。それは《命の連鎖》について、身体を通して知るためかもしれない。

だって身体こそが、人間が他の生き物と共存し奪《うば》いあい与えあうその入り口だから。私たちは頭ではなく、身体で他の生物たちと連鎖している。いやおうもなくつながっている。

身体は世界についていつも語っているんだ。言葉じゃない言葉で。身体語で。

身体は心についていつも語っている。本当に心が望むものは何かを、身体語で。

肉体を持つことで、私は私以外のすべての生き物とつながる可能性を秘めている。

それを頭は知らない。

音のない世界の天才写真家

昨年の一〇月、友人のライターである黒岩比佐子さんから「本を出版しました」というメールが届いた。

十数年以上前、黒岩さんと私は同じ広告会社で机を並べていた。

黒岩さんは私の対極にいるような人だった。彼女は真面目《まじめ》で、いつも真摯《しんし》で、責任感が強く、根気強く、物事を先の方まで考え（悪く言えば心配性で）、字がきれいで、質素《しっそ》で、完璧主義《かんぺきしゅぎ》だった。そのすべてが私にはない素養《そよう》だった。

だから彼女といっしょに働いた一年間で、私が自分がいかにルーズで、だらしなくて、めんどくさがりで、いい加減で、口先だけの女なのかよくわかった。

その黒岩さんが初出版した本は『音のない記憶』（文藝春秋）という、あるろうあ写真家の評伝だった。

二年半前から個人的に取材をして書いていた井上孝治さんという「ろうあ」の写真家の評伝『音のない記憶』を、文藝春秋から出版していただけることになりました。私にとっては、自分の名前で出す初めての本です。耳と言葉の二重のハンディキャップを負った井上さんは、言葉の代わりに「写真」をコミュニケーションの手段として、時代をじっと見つめていました。彼の視線が今、多くの人々の心を動かすのは、そのためだと思います。私自身、井上さんに出逢《であ》うまでは、ろうあ者と呼ばれる人たちのことを全く知りませんでしたし、取材を進めていくにつれて、あまりに一般の人々には知られていないことが多いのにショックを受けました。

うーむ、さすが黒岩さんだ。きっと緻密《ちみつ》に完璧に取材したのだろうなあ、彼女はそういうルポライターたる素質を持っている人だ。くそお、うらやましいぜ。私は彼女の一〇分の一でいいから根性と緻密さが欲しい。

それにしても、ろうあの人が写真を撮ると、その写真は健常者が撮ったものとどう違うのだろうか？　その事にまず興味を抱いた。

メールをもらったのは本の発売前だったので、私は黒岩さんにお返事メールを送って「インターネットでこの人の写真が見られるところはないですか?」と質問したところ、井上孝治氏の写真がアップされているサイトを教えてくれた。

全くインターネットというもんは便利である。そこはフォトサロンのサイトで、複数のカメラマンの写真が展示してある。そして、井上さんのコーナーを選択しメニューから彼の写真の一つを取り出した。

写真がパソコン画面に広がる。

驚いた。

一瞬、音が止まった。

モノクロの無音の世界が広がった気がした。何だコレ? って思った。

その写真の世界には音がない。それがわかる。

まてまて。これは錯覚《さっかく》かもしれない。私は自分に言い聞かせる。

つまりだな、私はこの写真家がろうあだと知っている。だから、私の先入観が入っていて、変な感覚になるのかもしれない。

次の写真をクリックする。またしても、音がない。

もちろん、写真だから音がないのは当然なのである。

どう表現したらいいのだろう、写真を見た瞬間に「音がない」ということを自分が瞬間だけ体験できる……とでも言うべきか。

その写真の世界は静謐《せいひつ》で、クリアで、そして生きていた。写真のなかに生々しい「瞬間」が封じ込められているようだった。

写真って、世界の封印なんだ、って思わせるような写真だった。

この不思議な感じが、単に「このカメラマンはろうあだ」と私が思い込んでいるための錯覚なのか、それとも本当に写真表現と聴覚《ちょうかく》は密接に関わって表現に現れるのか、私にはわからない。

でも、私が井上孝治さんの写真を見て感じた最初のインパクト、それは「音がない」であった。

写真を開いた時に広がる、しんとした世界。

それは、透明な湖底に沈んで存在するもうひとつの世界を、湖面から眺めているような、そんな感じだった。

湖底の世界には、この世界とは違う音が流れている。

でも、それは私には聞こえないのだ。

つまり井上さんの写真を見ると、ある逆転が起こる。

井上さんの写真の世界では、私こそがろうあなのだ……という逆転。

私が最も尊敬《そんけい》する脳神経科医・クリニカルライター、オリバー・サックスの名著に『手話の世界へ』(晶文社)という本がある。タイトルの通り、手話の素晴らしさと可能性について書かれた本だ。

その著書の中に、あるろうあ者の言葉が引用されている。


「私は聴覚を失った時から、声を見るようになった」


このろうあ者は先天的なろうあ者ではない。後天的なろうあ者である彼は、音を失ってから「内なる音、幻聴《げんちょう》」を聞いていたと言うのだ。

「幻聴」と彼が言ったのは、聞こえる側の世界の尺度《しゃくど》に合わせて自分を表現したからだと思う。自分に聞こえる音なら、それは「幻聴」ではない。それこそが「音」なのである。

以前に「ブラインド・セーリング」を取材した事があった。

ブラインド・セーリングは、全盲者と健常者がいっしょにヨットに乗りレースを行うマリンスポーツで、私は取材のために二回ほど、全盲の方たちといっしょにヨットに乗った。

その時に、全盲の女性から、

「見えないけど、何かを見ているような感じ」

ということを言われた。たぶん、彼女もまた「内なる風景」を見ていたのかもしれない。だけど、彼女が見ているものと、私が見ているもの、どちらが本物で、どちらが幻覚《げんかく》か、なんて判断できない。

視力のない彼女は波の音、風の感触だけを頼りにヨットを操船《そうせん》する。

私は目の前の風景しか見ることができないが、視力のない彼女の内的な目は世界のすみずみを見渡す。それは神の視点にも通じる。

失うことで回復する内的全体性があることを、私は初めて知った。

失った感覚をおぎなうために、脳は広大な仮想領域を設定するのかもしれない。そして、その仮想領域のなかでは、新しいソフトが働くのだ。

私が世界を主観で認識するしかないように、盲目の彼女もまた彼女の主観で世界を認識している。そして自分が認識できる世界だけが、自分の世界なのだ。人間はこの身体《からだ》をよりどころとして世界と関わる限り、主観を越えることができない。

あたかも自分が感知している世界が絶対的だと思い込みがちだけど、実は違うのだ。

簡単に逆転する。

それを、井上孝治さんの写真が教えてくれる。

『音のない記憶』には井上さんが撮影した多くの写真が掲載《けいさい》されていた。そこには私には聞こえない音が流れているように思える。それは井上さんにだけ聞こえる音なのかもしれない。

そうだ。聞こえないのは私の方かもしれない。こちら側の世界がゆらぐから、彼の写真に私はインパクトを感じる。表現は静かなのに。

それにしても、失うということは、なんと凄《すご》いことだろう。

奇跡の人、ヘレン・ケラーは三重苦を克服したと言われる。彼女が井戸水に触れて「ウォーター」と歓喜《かんき》する姿は戯曲や映画にもなり、あまりにも有名なシーンだ。

たとえお笑い番組のパロディであっても、私はこのシーンを見るたびに心をゆさぶられる。「モノには名前がある」、このあたりまえの事が知識の始まりだ。

言葉という「知識の光」を彼女は苦闘《くとう》の末に発見した。失ったものの大きさゆえに、発見した光はまばゆいばかりだ。

感覚機能を失った多くの人たちが「発見」する「光」。

それと同じものを見つけるために、家族を捨てて修行に入ったり、山奥にこもったり、世界を放浪《ほうろう》したり、発狂したり、インドで瞑想《めいそう》したり、ありとあらゆる事に労力を注ぎ込む健常者をたくさん知っている。私もその一人だ。

見ること、聞くこと、話すこと、歩くこと、食べること、生きること、考えること。これらの本質の前にひれふすように感動してみたいと切望する。

それらの行為の深さと素晴らしさに、歓喜したいと切望する。

そのために、多大な労力と時間とお金を使って、旅に出たりする。生活してるとわからなくなるのだ。与えられたものの凄さが。えらく遠回りをしている。生活そのものが奇跡なのに、それが実感できない。

えてして私は「生きている実感」そのものを喪失《そうしつ》しそうになる。

現実的になにも失っていないのに。

アイヌのシャーマンと出会う

「北海道にアイヌのシャーマンに会いに行くんだよ」

と私が言うと、友人たちは（またか？）って顔をした。

「あんたは本当に今年はよく神様関係に会いに行くわねえ！」

と呆《あき》れつつ感心された。

「いっそのこと神様系ライターってことで売りだせばいいじゃん」

げげげ。そんな怪しい者になりたいわけじゃない。だけど、とにかく一九九九年は神様に縁がある年なのだ。もうあきらめるしかない。ちっとも飯の種にはならないけれど、なんだか気がつくと神様を求めて旅をしている。

そして今回も私は苫小牧《とまこまい》のバス停で、小雨の中、バスを待っていた。千歳《ちとせ》空港からバスを乗り継いで二風谷《にぶたに》と呼ばれるアイヌ・コタンへ行くためだ。そこに山道康子《やすこ》、アイヌ名アシリ・レラという女性を訪ねるのが今回の旅の目的だ。

アシリ・レラという人を全く知らなかった。

それどころか私はアイヌについてすらよく知らない。もちろん迫害《はくがい》を受けてきた日本の少数民族であることは知識として知っているけど、それ以上の事を何も知らない。知らないというのも力だ、と思い、出かける前もあまり勉強してこなかった。仕事じゃないんだ。付け焼き刃の知識を詰め込むよりも、まっさらな目でアイヌという人々を見た方がいい。よけいな既成概念《きせいがいねん》があるとかえって感覚が濁《にご》る。謙虚《けんきょ》に聞け、あるがままを受け止めろ。自分にそう言い聞かせてきた。知ったかぶりすんなよ、と。だから旅の前に私が読んだのはアイヌに関する本一冊のみだった。

富川《とみかわ》に着いたらあたりは暗い。家を出てから一〇時間が過ぎた。アイヌ・コタンは遠いのお、である。

「富川というバス停で降りたら、そばのダイエーの中で風をしのいで待っていなさい」

と言われた。言われた通りにダイエーの中で待っていると、しばらくして太った背の低い女性がやって来た。アイヌっぽい刺繍《ししゅう》の入った袢纏《はんてん》とヘアバンドが目を引く。この人がアシリ・レラさんだと直感した。向こうも私の顔を見るとすぐに、

「あんた若いわねえ、もっとオバさんが来るとばっかり思ってたわよ」と言ってがっはっはと笑う。それから昔からの知りあいみたいに、「買い物してくからつきあってよね～」と言われた。

私だってシャーマンというから七〇歳くらいの老婆《ろうば》だと思っていたのに、とんでもない。アシリ・レラさんは五〇代前半の女性で溌剌《はつらつ》としてパワフルだ。

その迫力、しゃべり方、声が、代議士の田中真紀子さんに似ている。早口で洒落《しゃれ》を連発し、機転が利《き》き、シャーマンというより女社長みたいだ。（どこがシャーマンなんだよ～）と私は心の中で叫んだ。これが私とアシリ・レラさんの最初の出会いだった。


アシリ・レラさんは二風谷で「山道アイヌ語学校」という学校を作り、事情があって親と暮らせない子供たちを引き取り、自分の養子にし、育て、共同生活をしている。

二風谷は普通の民家が立ち並ぶ一見なんの変哲《へんてつ》もない町である。でも、山麓《さんろく》の彼女の土地だけは別だ。一歩踏み込むと、いくつものチセと呼ばれる茅葺《かやぶ》きの小屋が立ち、その中には囲炉裏《いろり》が掘られ「イナウ」というアイヌの神が飾られ、昔ながらのアイヌの生活が受け継がれている。

まるで映画のセットみたいに、山道アイヌ語学校のまわりだけが昔ながらのアイヌ・コタンそのものの風情《ふぜい》を残している。囲炉裏に燃える薪《たきぎ》、干したシャケの頭、薬草のヤカン、むっくり。

「私が民族運動に目覚めたのは十五歳の頃だったなあ。学校の先生がね、日本の歴史の授業が終わった時に、最後にひと言こう言ったのよ。この歴史はウソだからなって。それは私たちアイヌの子供たちへの思いやりだったと思うのね。だって、学校じゃあ日本には昔から大和民族しかいなかったみたいな歴史を教えるじゃない。だけど、そうじゃない、アイヌがいたんだってこと、先生はわかってるわけよ。それで、授業の終わりにぼそりと言ったの。この歴史はウソだからな、って。私、あの言葉を忘れない。本当にそれを聞いた時にうれしかった。あのひと言があったから、今日までアイヌ文化を、アイヌ民族を守るために運動してこれたんだと思う。先生のあのひと言に力づけられてね」

アシリ・レラさんは早くに結婚し子供をもつが、ご主人を事故で亡《な》くす。二八歳の時に二風谷で土産物屋を始める。店は繁盛《はんじょう》し人を使って商売し裕福な暮らしもできるようになる。

「でも、その頃から、お金が入れば入るほど、自分のアイヌとしての生き方を見失っていくようで怖くなってしまったの。このまま、お金をもうけたら、どんどん物を大切にしなくなって、自然への感謝を忘れて、自分はアイヌじゃなくなっちゃうって思った」

一〇年も続けて繁盛していた土産物屋を、彼女は突然に閉めてしまう。

「バカだと思うよ。自分でも。わざわざ貧乏になってさ。でもね、このまま続けていたら自分はアイヌでなくなってしまう、と思ったのさ。それから農家の手伝いをして暮らしたよ。もう、子供たちにもいきなり貧乏させてねえ。おやつもお菓子なんか一切食べなくなった。野菜や木の実、山菜が主食ね。畑を借りて自分で野菜を作りながら暮らし始めて、そんで、貧乏のまま、今にいたるわけよ」

山道アイヌ語学校を始めたのは八年ほど前。ある民族運動の集会で大阪に行った時のこと。大阪で在日韓国人の中学生が同級生のイジメにあって、彼女が滞在《たいざい》する会場の近くで飛び降り自殺をした。

「そのときに、死んだ子の気持ちも、いじめた子の気持ちも、その思いが両方とも私のなかにドーンと入って来たの。その瞬間、ああ、子供たちをなんとかしなくちゃいけないって思った。子供たちにアイヌの文化を伝えながら生きる術《すべ》を教える学校を作ろう、って突然思いついたのね」

彼女の家に滞在していると、毎日、毎日とっかえひっかえ近隣《きんりん》の誰かが相談事にやってくる。遺産相続《いさんそうぞく》問題から、嫁 姑《よめしゅうとめ》 問題まで。時としてアシリ・レラさんは、法律知識のない老人に代わって裁判の代理人も務め、弁護士を相手に法廷で闘う。

そうかと思うと、日照りが続くと雨乞《あまご》いの祈禱《きとう》をして雨を降らせたりする。大地を浄霊《じょうれい》し、迷える魂を神の国に送る儀式《ぎしき》をする。

どう表現すればいいのだろう、とても現実的なシャーマン。弁護士みたいなシャーマン、中小企業の社長みたいなシャーマン、女闘士みたいなシャーマン。レラさんはそういう人なのである。

「ねえ、苫小牧に偵察《ていさつ》に行くからいっしょに行かない」

と、ある日レラさんが言う。

「偵察？」

「そう。今、苫小牧の東にとてつもない原発と核燃料《かくねんりょう》再処理工場を作る計画が進んでるんだよ。そこは昔、アイヌが住んでいたサンクチュアリなんだ」

車に便乗《びんじょう》して話を聞きながら苫小牧に向かう。

「田口さんも見たと思うけど、二風谷に二風谷ダムってのができてただろう？　あれって、何のためにできたダムだと思う？」そういえば、真新しいダムが沙流川《さるがわ》にでき上がっていた。

「あのダムはね、将来、苫小牧に原発と再処理工場が出来た時のための冷却水《れいきゃくすい》を確保する目的で作られたんだ。苫小牧にはね、イギリスやフランスと共同で使う六ケ所村よりも大規模《だいきぼ》の核燃料再処理工場が作られる計画が進んでいる。いま、四つの団体が共同で反対運動を進めていて、アイヌもそれに加わってるんだ」

そう説明するアシリ・レラさんは、勇猛《ゆうもう》な古代の女闘士のように見えた。

レラさんが案内してくれたのは苫小牧郊外の広大な湿地帯《しっちたい》で、とても案内なしに踏み込むことは不可能なほどバカ広い。そこに、すでに監視塔《かんしとう》や、いくつかの研究所が建設されて、アシリ・レラさんたちは秘密裏《ひみつり》に事業計画が進行しないかどうかを定期的に偵察しているのだと言う。

「海水で冷やすとサビが来やすい。だから、川の水をここまで引いてきて冷却しようという計画なんだ。近隣の川を巻き込んでの大規模な事業計画が勝手に進んでいる。ずっとずっと昔、この広大な湿地にもアイヌが住んでいた。川べり一帯にアイヌは暮らし、そしてこの豊かな自然に生かされていた。自然が豊かだったから、アイヌは農耕をする必要もなく、富を蓄《たくわ》える必要もなかったんだ。ところが、ここにも侵略の手が入って多くのアイヌが殺された。大規模な殺戮《さつりく》が起こって、殺したアイヌの遺体《いたい》をこの奥にある弁天沼と呼ばれる沼に放り投げた。だからこのあたりはアイヌのサンクチュアリなんだよ」

車が弁天沼に向かって鬱蒼《うつそう》とした木立を走っていく。話が話だけに聞いているだけで気分が重苦しくなってくる。

「弁天沼のあたりにも原発が一基作られる計画なんだけど、もし、あの沼にそんなものができたら、沼に鎮《しず》められた魂がどんなに嘆《なげ》き怒るかと思うと恐ろしい。だってね、あの弁天沼は、あまりにも死者の魂が浄化されずに残っているので、弁天様が三日三晩祈禱《きとう》してボロボロになって出てきた……というんで弁天沼って名づけられた場所なんだよ」

怖い話に弱い私は、もうなんだか背筋がゾクゾクしてくる。とはいえ、もちろん、霊能力など皆無《かいむ》の私には何も感じないのだが。

車が弁天沼に着くと、アシリ・レラさんが沼を指さして言った。

「ここはね、写真を撮ると、誰が撮っても絶対に水面に顔が写るほど怨念《おんねん》の強い場所なんだ。私が霊視すると、バラバラに切り刻まれて捨てられる様子が見える。あんたも写真撮ってごらん、写るから」

そんなものを撮ってしまったら始末に困るので、私はカメラすら向けなかったけど、確かにこの沼を撮った写真には顔がたくさん写っていた。子供とか老人とか、いろんな顔が。

レラさんは子供の頃から霊視の能力があり、三〇代で火事のため大火傷《おおやけど》を負い生死の境をさ迷ってからはさらに霊力が強まってしまったと言う。彼女は大地を鎮め、魂を神のもとに送る力を持っているらしい。それは、アイヌなら誰でもかつては使えた力だとレラさんは言う。

「私たちアイヌは神と魂の存在を信じていたからね。すべての生き物に魂があり神が宿っている。それを信じること、一点の疑いも持たず信じること、それが力なんだよ」と彼女は言った。

「歴史の中でくり返しくり返し大地を汚し、そして魂も送らずに放置し、再び原発など作ったらどうなるか。そこまで大地を汚してよいものか」

レラさんはそう言って手を合わせ、祈った。水鳥が一斉に飛び立った。

アシリ・レラさんと沼の前で手を合わせて、苫小牧の事業開発予定地を後にしてから、私たちは「静川縄文遺跡《じょうもんいせき》」へと向かった。「縄文人はアイヌの先祖だからね」とレラさんは言う。

この静川のほとりにある縄文遺跡は、不思議な円環《えんかん》の丘陵《きゅうりょう》に囲まれていた。

この地にかつて確かに人が暮らしていた、そのなごやかな雰囲気が今も残っているような気持ちのよい場所だった。

「この円形の丘陵が何の目的で作られたのかわからないのだけどね、でも丘に登ってみてごらん、本当に気持ちのよい場所だから」

言われた通りに丘の上に登ると、冬の午後の陽射《ひざ》しで北海道の大地はまばゆく輝《かがや》いている。空気がき〜んと澄んでいて、空の彼方《かなた》から気流の鳴る音が聞こえてきそうな気がした。

「なんて気持ちのよい場所なんでしょう」

と私が言うと、アシリ・レラさんはにっこりと笑った。

「そうだろう、さっきの場所とは全然違うでしょう。ここの遺跡は北海道の高校の先生が発見して、そして先生たちが団結して守ってくれた場所なんですよ。そのために教職を追われた人もいたりしたけどね。でも、こうして守られ、残されて、気持ちのよい公園になって、子供たちが遊びに来る。古代のご先祖様たちはさぞかし喜んでいると思うよ」

大地にどっこいしょと正座して、うれしそうにレラさんはおむすびを食べていた。その姿を見ていたら、私はなぜか泣けて泣けてしょうがないのだ。もう涙がボロボロと止まらなくなって、意味もなく泣けてしょうがない。不思議なのだけれど、ときどきレラさんを見ているだけで、感情がたかぶって泣けてしょうがなくなる。理由は全くわからない。

レラさんにアクセスすると、そのまま別の世界のホストコンピュータに接続してしまうような、そんな感じなのだ。だけど、私のＯＳはまだ「もうひとつの世界」に対応していない。だからエラーとなって感情だけが乱れてしまう。

彼女と居ると、なぜ私はここに居るのかを思ってしまう。延々と太古から受け継がれてきた命の連鎖《れんさ》の果てにここに自分が存在することの意味を問うてしまう。あたりまえの事だけれど、聖火リレーのように男と女が結合し子供を生んだその果てに私が存在しているのだ。たどれば縄文《じょうもん》まで戻る、いやそのもっと先まで。その証《あかし》として私が存在している。

「人間の義務《ぎむ》はね、万物《ばんぶつ》の霊長《れいちょう》としてすべての生き物のために祈る事なんだよ」

とレラさんは言う。

「それが、天と地の間に垂直に立つことのできる人間の役目だ。祈り、すべての生命の魂を天に送ることが人間の義務なんだ。神はそのために人間を守ってくれるんだよ」

なんという美しい考えだろうと思った。人間ってすごいなあって思った。ヒトとして生まれた事に、初めて誇《ほこ》りを持てたような、そんな気がした。

だって私は、これまでずっと、人間であることが、なんだか申し訳ないように後ろめたく感じていたのだ。この地球を蝕《むしば》む者として自分という存在に罪悪感すら感じていた。

私が意識を持って生まれてきたのは、この世界に意味を与えるためだ。

レラさんが教えてくれた。人間がいなければ世界に意味はない。人間が存在しなければ、この世界には何の意味も与えられない。ただ、世界はのっぺりと存在するだけだ……と。

この世界が美しいのは、美しいと感じる人間がいるからだ。

その世界に意味を、美しい意味を与え続けるのが、人間の役割なのだ。

ひかりのあめふるしま　屋久島

ずっと雨だった。

しょうがない、梅雨の屋久島に来てしまったのだ。梅雨前線がどっかりと屋久島の上に居座って、ただただ雨が降り続いていた。

屋久島に来たのは二年ぶりだった。私は『癒《いや》しの森　ひかりのあめふるしま屋久島』（ダイヤモンド社）という本を出版していて、そのため屋久島にはかなり長期にわたって滞在し、屋久島の山や海や川で遊び回った。「もうガイドができるよ」と自《じ》慢《まん》してたくらいだ。

雨はいとわない。屋久島の雨はさらさらしている。なぜだろう。そう感じる。雨の中を一人で歩き回った。山の中の滝つぼに降りて行った。花崗岩《かこうがん》の岩肌に身体《からだ》をすり寄せて腰を下ろすと、岩はひんやりと冷たいのに、身体の奥が熱くなってくる。

島全体が水のゼリーですっぽりとおおわれたように濡《ぬ》れている。息をすると肺のなかに水の粒子が染《し》み込んでくる。この島に来ると、濡れる。潤《うるお》うということがどういうことか、初めてわかる。

たった一人で、濡れた岩肌に身体をまかせていると、岩に抱かれているような気分になる。変なんだけど、それはすごくエロティックな気分なのだ。正直に言うと男に抱かれているような、そんな気分なんだ。

私はもしかしたら「岩フェチ」なのかもしれない。花崗岩に触れると欲情《よくじょう》する。私が屋久島にこんなに魅《ひ》かれてしまうのは、屋久島の岩が、すごく「いい男」系だからだと思う。この男と会いたいので、この島に来てしまうのかもしれない。

シダ植物が繁茂《はんも》しわずかに雨をしのいでくれる。ごおごおと根こそぎにされそうな激しい瀧《たき》の音が聞こえる。水の粒子が空気中ではげしくゆれている。そのなかで岩と触れあっていると、ずっとこのままこの男といっしょにいたいと思う。かつて別れてしまった恋人と再会したようなせつない気分になる。

「あたしねえ、岩に男を感じちゃうんですよ」

という話をホテルのロビーで満喜子《まきこ》さんにしたら、彼女がこう言った。

「そうね、花崗岩は情報をもっているらしいから。たぶん、あなたは自然のなかの太古の記憶と感応しているのね」

満喜子さんらしい説である。私は今回、渡辺《わたなべ》満喜子さんの「ヴォイスヒーリング」のツアーにまぎれ込んで屋久島にきた。というのも、団体になるとツアー料金で格安になるからだ。なにせ、屋久島に来るには金がかかる。私一人で来ては、屋久島の高級ホテル「いわさきホテル」なんかにゃとても泊れない。

ツアーに潜り込んできて、自分は別行動で屋久島で遊ぶ予定だった。屋久島には友達もたくさんいる、地理も詳しい。今回は三泊四日の短い滞在だったので、初めて「リゾートホテル」なるものに泊ってみようかな、と思ったのだ。

二日目の夜に、屋久島でエコツアーのガイドをしている松本さんと、奥さんの淳子さんが遊びに来た。食事が終わってからホテルのバーで待ち合わせして三人で飲んだ。屋久島に通いだして、こんな風にお洒落《しゃれ》に飲むなんて初めてのことだった。

「お久しぶり、最近、どうしてる？」

と私が言うやいなや、淳子さんは数枚のレポート用紙を私に渡した。

「私ね、最近、ちょっと不思議なことに関わっているの」

レポート用紙を見ると、小杉谷……という文字が飛び込んで来た。なんでだろう、背中がぞくぞくしたのを覚えてる。

「これ読めってわけ？　とりあえず、その不思議なこととやらをざっと説明してよ」

と言うと、淳子さんは彼女が巻き込まれているある出来事について、早口に語りだしたのだ。


「事の始まりは、町役場にかかって来た一本の電話だったの。千葉に住んでいる人から、小杉谷小学校の校歌のテープか譜面《ふめん》はありませんか？　っていう問い合わせだったのよ。その人は、千葉で合唱団に入っているんだって。その合唱団である人と知りあいになった。その人が小杉谷小学校の校歌の歌詞をもっているので、それにどんなメロディがついていたか知りたくなった、って言うの」

「へえ？　ずいぶんもの好きな人だね。小杉谷って、縄文杉《じょうもんすぎ》に行く時に通る廃村《はいそん》になった村でしょう？　なんでまたそんな学校の校歌を？」

「その校歌が、屋久島の山小屋の天井に墨《すみ》で書きつけられていたんだって。それも七番まで。その人は二五年前にその山荘に泊ってそれを発見して、なぜか大学ノートに歌詞を書き取って、それを二五年間保存していたらしいんだよ」

「うわっ、凄《すご》い。じゃあ二五年ぶりに、その歌詞のことを調べようとしているわけ？」

「そういうことだよね。そしてね、偶然なんだけど、小杉谷は、今年、廃村から三〇周年を迎えるんだよ。その年に、急に小杉谷の校歌が浮上してくるって、不思議でしょう？」

私は話を聞きながら、小杉谷のことを思い浮かべた。

小杉谷はかつて屋久杉の伐採《ばっさい》の前線基地として栄え、山仕事をする人々が集まり作った村だ。荒川林道から縄文杉に向かうときに必ずこの廃村を通過する。小学校の校庭跡があり、なぜかこの場所に立つと奇妙な胸騒ぎを覚える。

それは私だけではなく、多くの人がそう言う。小杉谷小学校跡地に立つと、なんだか人の気配のようなものがする……と。でも、廃村になった村の跡というのは、そういうものなのかもしれない。かつて生活した人々の暮らしの残滓《ざんし》を感じるのかもしれない。

「私ね、今年に入って小杉谷小学校の校歌を探す電話を受けてから、渦に巻き込まれちゃったみたいなの。それからは、ものすごくたくさんの偶然があって、どんどん新しい事が起こるわけ。ついに、この校歌の原譜《げんぷ》まで手に入れてしまったのよ」

「そういう時ってあるよね、なにか驚くような偶然が重なって自分が運ばれて行ってしまう……みたいなこと」

「だけどね、いったい自分が何のためにこんなことしているのかわからないの。いったい私は何をすべきで、この小杉谷小学校校歌の渦に巻き込まれているのかよくわからないの。それを、すごく知りたくて、その一心で、どんどん渦の中に入って行ってるような感じなの。そしてね、最近になって、かつて小杉谷で働いていた人たちの話を聞いたり、資料を調べたりしておぼろげにわかってきたことは、小杉谷が屋久島の中で押し込められて、隠された場所だったって事なの」

「隠された場所？」

「うん。小杉谷ってランディさんも知っている通り、かつてあそこの森は素晴《すば》らしい屋久杉の美林だったのよ。小杉谷は屋久島の中でもとりわけ降水量が多くて、しかも強風が吹かない。だから緻密《ちみつ》で真っすぐな生命力に満ちた屋久杉が育つ絶好の場所だった。だけど、そのために、あの森の杉は徹底的に伐採されつくした。特に昭和三〇年になって、海外からチェーンソーが入ってきてからは、あの森の立派な屋久杉は、その美しさと商品価値ゆえに伐採されつくした。そして、森をすべて切り倒して、屋久杉の消滅と共にあの村は廃村になった」

「そうだったね。小杉谷のあたりは全部、伐採跡の二次林だものね。考えたらひどい話だ。そんな屋久島の歴史は語られることがないものね。縄文杉を見にあの場所を通る人たちは、縄文杉のことしか考えないだろうね。あの場所が屋久杉の大量伐採《たいりょうばっさい》の場所だなんて誰も思わないよ」

「それでね、私、なんだか小杉谷の森が、廃村から三〇年を経て、もう一度何かを私たちに伝えたがっているんじゃないか、ってそんな気がしたのよ。うまく言葉にできないんだけどね」

淳子さんの言葉に、私は鳥肌が立ってしまった。

なぜか、そうかもしれないと思ったのだ。

「この校歌はね、実は校歌として歌われたのはわずか六年間だけなの。校歌が制定されて六年目に小杉谷は廃村になった。だけど、当時としてはかなりの額の謝礼《しゃれい》を払って、小杉谷小中学校のＰＴＡは、校歌の作詞作曲を依頼しているの。それって変でしょう？」

「確かに。だってわずか六年で廃村になったのなら、もうすぐ自分たちの村が廃村になるだろう事を皆が予感していたよね。それなのにわざわざお金を出して校歌を作るというのは、特別の意味があったんだよね」

「そうなのよ。たぶんね、小杉谷の人たちは、自分たちの故郷の歌が欲しかったのよ。

あそこの村は山仕事をしながら渡り歩く人びとの集落だった。だから共通の地盤《じばん》を持っていない。自分たちがあの村で生きていくために、なにか共通の歌が必要だったんじゃないかと思うの。だってね、この校歌は三番までしかないの。ところが千葉の人がノートに書き写したという歌詞は、なんと七番まであるの。それは、替え歌なのよ。そして、山仕事をしながら、みんなが労働歌としてこの歌を歌っていたらしいの。かつて小杉谷に働いた人たちは、この歌を歌うと泣くんだって。それはね、行政の指導によって、屋久杉を伐採しつくしたけれど、樹木の価値を知っている彼らは、こんなことをして森にいいわけがない、木に申し訳ない、と心の中で思っていたからじゃないかと思う。働いていた当時の気持ちは、みんな口を閉ざして語ってくれないのよ」

私はなんだか不思議な因縁《いんねん》めいたものを感じて、水割りのグラスをカラカラと回していた。自分の心に思いついたことを言うべきかどうか、ちょっと迷っていたのだ。

「ねえ、淳子さん。小杉谷の森は、もしかしたら、自分たちを、ちゃんと葬《ほうむ》ってください、って言っているのかな？　もしかしたら、まだ鎮魂《ちんこん》されていない、って言っているのかな？」

「わからない。でも、そうかもしれないとも思える。三〇年を経た今、小杉谷は伐採跡に植えたサクラやサツキの二次林になっていて、本当にきれいな場所として復活しているの。もしかしたら、あの場所に自然が再生し、そして今、ようやくもう一度、息を吹き返して私たちに何かを訴えているのかもしれない」

話の間中、私はなぜか満喜子さんの事を思い出してしまった。だって、満喜子さんは「歌」によって、人間や土地の痛みを癒《いや》すヴォイス・ヒーラーである。なぜ、今年、私がわざわざ満喜子さんといっしょに屋久島に来たんだろう。そして、なぜ今日、淳子さんはまるで何かを確信しているみたいにこの話を私に語って聞かせたんだろう。

それで、私はおずおずと淳子さんに満喜子さんの話をしたのだ。

「あのね、面食らわないで聞いてくれる？　実は私は今回、ある女性といっしょに屋久島に来ているのだけど、その人は……、その人はつまり、歌のシャーマンなんですよ。歌によって大地を鎮魂する人なんです」

こういう話をする時、私はものすごく緊張《きんちょう》する。

ぱっと引かれてしまうことを想定するからだ。どう考えても、一般の人に「シャーマン」だの「ヒーリング」だのという話をすると「危ない宗教の人」みたいに思われる。満喜子さんのプロフィールから解説して、決してぶっ飛んでいる変な人ではないことを、つい力説しなければいけなくなる。

「だからね、満喜子さんを連れて小杉谷に行けば、小杉谷の森が何を望んでいるのか、もしかしたらわかるかもしれない。彼女は土地のもっている記憶を読み取れるんだ」

するとと淳子さんはとても素直にそのことを受け入れてくれてほっとした。彼女はこう言ったのだ。


「どのような事であれ、こうして私に起こった事を受け入れてみたい」

そして、その体験を自分の頭で考え、咀嚼《そしやく》して、自分の結論を導きたいと語った。

それは、とても正しい態度だと思った。だから私は淳子さんが好きなんだ。

頭から信じるでもなく、疑うでもなく、起こっていることを果敢《かかん》に受け止め、そして、それをもとに自分の道を進んでいく。そうやって行動すれば、たぶん、この世のあらゆる「怪しいこと」は人間の味方になってくれる。

私はレッスンが終わってくたくたの満喜子さんを、バーに引っ張ってきて淳子さんに引き合わせた。そして、話を聞いた満喜子さんは「明日、その小杉谷に連れて行ってください」と即断したのである。

その時の満喜子さんのセリフは本当にかっこいいと思った。

「私たちは屋久島という自然に癒《いや》されに来ます。でも、屋久島を癒そうとしてここに来る人はたぶんいないでしょう。だけど、こんな素晴らしい自然がもっている傷は、人類がもっている普遍的《ふへんてき》な傷に違いない。この島の傷に光を当てることは、すべての人の心にある相似形《そうじけい》の傷に同じ光を当てることになるのです。そして、癒し癒されることが、実は最も深い癒しなんです。私に、この島を癒す機会を与えてくれてありがとう。これは、きっと島からのプレゼントですね」

翌日もどしゃぶりだった。

小杉谷までは、約一時間の道のり。トロッコの線路をひたすら山に向かう。大雨洪水警報《けいほう》が発令されて、山に入るには若干の危険が伴《ともな》うほどの雨だった。

「入山禁止の警報がまもなく出るかもしれない。それくらいの雨が降ってます。それでも行きますか？」

と私が聞くと、満喜子さんは、

「ここまで来たら行くしかないでしょう」と平然と言っていた。根性が座っているのか、単なる脳天気《のうてんき》なのかわからないが、とにかく凄《すご》い。

トロッコの道を山水がごんごん流れていて、足下がびしょびしょである。濡《ぬ》れた濡れた。今回の屋久島は濡れに来たようなものである。でも、気持ちいい。濡れることが心地いい。不思議な島だ。だから私は「ひかりのあめふるしま」というタイトルを本につけたのだ。雨が光を帯びている。濡れても嫌じゃない。

満喜子さんのツアーの参加者、総勢一四名のみなさんも、この「小杉谷の渦」に巻き込まれて、どしゃぶりの中を過酷《かこく》な山歩きに参加することになった。でも、これぞ「屋久島」という、どしゃぶりの山と川と森を満喫《まんきつ》していただけた、ということで許してほしい。

屋久島のガイドのまなつさんがいっしょに参加してくださったので心強いこともあって、初心者一四名を引き連れて、私と淳子さんは大雨洪水警報が出ている山を、小杉谷に向かったのだった。

「見てください。あの尾根が自然遺産《いさん》に登録されている原生林です。そして、向こうの山が、伐採《ばっさい》された山です。木の生え方、山の色が全然違うでしょう？」

まなつさんのガイドに皆が山を見比べる。

確かに違う。伐採された山は平坦な感じがする。色も単調だ。

でも、考えてみたら、屋久島の森の七〇パーセントは伐採された森なのだ。屋久島の森は太古の森だと思って来る観光客の方が多いけれど、それは違う。

屋久島はほんの一部を除いて、江戸時代から徹底的に伐採されてきた島なのだ。だけど、この島に降り注ぐ光と雨が、驚くほどの回復力で森を蘇《よみがえ》らせる。だから、この島は再生の島なのだ。復活の島なのだ。屋久島の魅力は、過去の自然が温存されているところにあるのではない。どんなに伐採され荒らされても、驚異的《きょういてき》に復活する、その植物の生命力が人を惹《ひ》きつけるのだと思う。

この島の植物は人間に負けない。必ず復活し、再生する。そしてその生命力は人間を凌駕《りょうが》し、逆に人間を癒してしまうのだ。凄い島だ。

小杉谷の小学校跡に着くと、満喜子さんは小学校の石段の上に立って歌を歌った。それから、皆で、練習して覚えてきた小杉谷小学校の校歌を歌った。その歌詞は、この森と水と自然をくり返し謳歌《おうか》する。歌っているとなぜか泣けてくる。

歌い終わってから、満喜子さんが言った。

「この森はもう回復しています。この森は人を恨んではいません。とても暖かい光を感じます。そして、いま、ここに、私たちといっしょに歌いたがって、森の精がたくさん集まってきています。かつてここで、子供たちと遊んで楽しかった、と言っています。この森は、再び人間と遊びたがっています。もう一度、いっしょに歌いたがっています」

屋久島から帰って来たら、さっそく淳子さんからメールが届いていた。

「今日の小杉谷行、帰ってきてから色々と考えています。満喜子さんがおっしゃっていた森の精霊たちがかつてはここで暮らしていた子供たちの近くにいた、ということ。明るい光を感じる、という言葉。森は再生した。でも、もしまだまだ再生に時間がかかるほどのダメージだったら、あるいは再生も不可能なほど人間が自然に対して負荷《ふか》をかけていたとしたら……きっと人間はうんと大きな代償《だいしょう》を払わなければならなかったのでしょう。再生不可能なほどのダメージだったらもう人間だって存在できないですもんね。ランディさんは今日、小杉谷に行ってどんな印象を受けたでしょうか？以前と同じ嫌な感じでしたか？」

私もさっそく返事を書いた。

「淳子さん、メールありがとう。淳子さんの渦にちょっとだけ巻き込まれてとてもスリリングで楽しかったです。小杉谷の印象は以前と全然違っていました。昨日行った小杉谷は、暗い雰囲気などなくて、雨が降っているのになんだかキラキラしていました。あれ……って思いました。もっと鬱々《うつうつ》した感じだったように記憶していたのだけど大勢で行ったから印象が違うのかなあ、なんて思いました。満喜子さんが、ここに森の精がたくさん集まってきていて、いっしょに歌おう歌おうと言っているわ、と呟《つぶや》いていたので、そう思って景色を眺《なが》めたからかもしれないです。歩いて来る途中もたくさんの木の精が、喜んで後をついてきたわ、なんて彼女は言ってました。私には森の精なんて見えないけど、屋久島にはいてもおかしくないですね。この森は自らの力で回復している、そして、森は人間と再び遊びたがっている、そう満喜子さんは言いました。だとしたら、なんて素晴らしいんでしょうね。それこそ屋久島だ、と思いませんか？　再び人間と遊びたがっている。なんという森の生命力だろう。だから、私たちはもっと遊んでいいんですよ。悲しんでいる暇《ひま》もないほど。そう思えたら、とてもうれしくなって帰って来ました。森が人と出会いたがっている……そんな風に思うのは人間側の傲慢《ごうまん》でしょうか。でも、私も確かにそう感じたのです。癒《いや》しというものの本質が何なのか、私には相変わらずわからない。私は癒しが何か、なんてどうでもいい。ただ、今、この瞬間に自分が出会ったことを体験していくだけで、それが結果として癒しであろうとなかろうと、どうでもいいと思っています。その体験のなかで出会う、ひかりだけが、私にとっての真実のような気がします。そのために曇りなき目で、物事を見すえて、自分の頭で考えたい。もののけ姫のアシタカのように。そう思っています。淳子さんも、そのように生きている人だと実感しました。新しい淳子さんと出会えて、気持ちがとても近くなって、うれしかったです。ありがとう。また会う日まで。田口ランディ」

子供の力

ＮＨＫ教育テレビの「少年少女プロジェクト」という番組にゲスト出演した。

この番組は十代の少年少女三〇名をスタジオに呼んで、生で討論《とうろん》してもらうという番組だ。

先週のテーマは理想の先生、理想の学校、そして理想の親だった。

高校生といっても、三年生になると皆、大人びている。髪も染めているし、化粧もしている。まあ、今はそれが当たり前なんだろう。ショックだったのは少年少女の父母が、私よりちょい上の年齢だったこと。つまり、私にも高校生の子供がいてもおかしくないんだよ。ガーーン、自分がこの間まで高校生だった感覚なのに。

人間とは思いの外、心は年を取らないものなんだなあ、と自分で感心してしまった。私はどうしても高校生の親よりも、高校生の方にシンクロしてしまう。どっかで自分の高校生の部分を大事に抱えて生きている。

コメントを求められて何度か発言したけれども、子供とか子育てというものについて語ったのはこれが初めてだなあと思った。なんだか自分が育児や教育について語るなど、おこがましいような気がしていたのだ。私の子供はまだ三歳。つまり育児歴はたったの三年である。

読者のメールでも「いったいランディさんはいつ育児をしているのですか?」「どうやって子育てと仕事を両立させているのですか?」「いつも遊んでいるように見えるけど、子供は大丈夫なんですか?」「お子さんを大切にしてください」と、かなり多くの質問やご意見をいただく。

私はあえて子供については書いてこなかった。

というのも、私は自分に子供がいなかった頃、本当に育児というものに興味がなかったのだ。子供の事なんて考えたこともなかった。

だから、子供について書いたところで、子供のいない多くの読者は興味《きょうみ》がないだろうと勝手に思っている。でも、今回はちょっと子供について書いてみようかな、と思った。

二〇代の頃、子供が欲しいと思った事は一度もなかった。考えた事すらなかった。私は二五歳で結婚したけれども、結婚と同時に会社を作ったものだから、仕事が面白くてたまらなかった。働いて、社会的に認められることが人生最大の快感だった。

初めて、子供というのを意識したのは三二歳の時だった。

飲み仲間の男友達がいて、本当によくいっしょに飲み歩いて遊んでいたのだが、ある時、その男から「実は子供ができたんだ」と言われた。

彼も既婚者《きこんしゃ》だったから子供ができてもちっともおかしくないのだが、私はその時に「へー、こんなに飲んで遊んでばかりいる男でも子供が欲しいのだ!」と、奇妙なショックを受けたのだ。友人の中でも最も父親イメージから遠い男だった。

「やっぱり子供は二人くらい欲しいよね」

と友人は言うのである。こんなちゃらんぽらんな奴《やつ》でも子供を作るのなら、子供はいらんという私の考えの方がゆがんでいるのかなあ? と思った。

その後、いっしょに会社を経営していたパートナーの女性が出産し、社員の女の子も出産し、友達が出産し……、出産ラッシュが始まった。そういう年齢になったということだろう。

赤ちゃんがどんどん生まれ始めると、出産祝いとか、病院にお見舞《みま》いに行くとか、そういう機会も必然的に増える。が、子供を産んだ事のない私には出産祝いに何がいいのやらさっぱりわからない。今自分がもらったら最も迷惑《めいわく》とおぼしき「テディベアの巨大なぬいぐるみ」などを出産祝いにプレゼントしていた。赤ちゃんについての知識がないのだからしょうがない。

病院にお見舞いに行っても「まあ、かわいい赤ちゃん」とよろこぶ事ができない。だいたい生まれたばかりの赤ちゃんというのはかわいくないのである。ほんと、お猿みたい。私には猿に見えた。だけど「お猿みたい」とも言えない。かといって「かわいい！」と絶賛《ぜっさん》することもできないのだ。

ところが、一人でも子供を産んだ事のある女は「んまあっ、かわいい！」と心の底から叫ぶのである。なぜだろうと思った。子供を産むと、このお猿がかわいく見えるようになるのだろうか？　と。

結果から言えば、私の場合、子供を産んだらお猿がかわいく見えるようになった。もちろん客観的《きゃっかんてき》に見れば新生児はお猿なのだが、その存在の愛《いと》おしさのようなものが私に「かわいい」と言わしめるのである。

私は兄が死んだ翌年、旅行記を書くためにヴェトナムを旅行中に妊娠に気がついた。微熱《びねつ》が続くし、ヴェトナム料理の臭《にお》いが鼻についてたまらない。もちろん生理も来ない。

日本に戻って来てから医者に行ったら「おめでとうございます」と言われた。私は子供といっしょにヴェトナムを旅してたのか〜と、不思議な気がした。

病院から出たら、急に感激《かんげき》して泣けてきた。なんで泣いたのかよくわからない。泣いている自分に驚《おどろ》いていた。私って子供が欲しかったのかなあ？　と、悩みながらよろこんでいるような感じだった。

兄が若くして死んでから、父も母もがっくりと気落ちしていた。トンカチでボコボコにされたようにへこんでいた。母はノイローゼ気味だったし、父は酒ばかり飲んでいた。二人とも自分の息子の死を自分のせいだと思っている。

そう思うのがつらいので、安定剤を飲んだり酒を飲んだりして現実逃避《げんじつとうひ》していた。実家はどんより暗くて、死神が棲《す》みついているみたいだった。

ところが「赤ちゃんができたんだよ」と電話で報告してから、両親は一変した。何が起こったのかわからないが、母親はきゃあきゃあ言ってはしゃぎ出し、父親は訳もわからずあたふたし出した。

息子を失った二人にとって、新しい命の誕生はひとつの光明だったようだ。人は死んで、人は生まれる。久しぶりの新しい親族の到来《とうらい》が、私の両親に生きる力を与えた。それは、劇的なほどで、あらゆる薬、カウンセリング、神仏を超越するほどの威力《いりょく》だったと思う。

人が生まれるということの、その、命の力みたいなものを目の当《ま》たり《あ》にして、私はエラく驚いた。赤ちゃんが生まれる、という事象には人類共通の「光」があるように思えた。

その後も私の娘は、私と父母の新しい接点として多大な功績《こうせき》を残した。

私が兄の死を超えて、父や母と再び生きることができたのは娘の存在に負うところが大きい。とにかく赤ちゃんは、落ち込んだ家族の救世主《きゅうせいしゅ》だった。

人間というのは、生まれてくるというだけでこれほどの大仕事をするのだから、もう、その後の人生は何もしなくてもいいのだな。そう思うくらい、娘が生まれた事で父と母は救われた。

「やはり生きていればいいこともあるものだ」

と母が言っていた。兄が死んだ時に、自分はこれ以上生きていてもしょうがない……とくり返していたのだが、その母が、私の出産にはずいぶんと力になってくれた。

「自分にもまだできることがあるのだ」

という誇《ほこ》りを、母は孫の誕生をきっかけに取り戻したように思う。

さて、妊娠四ヵ月の頃に、私は不思議な夢を見た。

夢の中にこれから生まれるであろう子供が出てきたのだ。その子は男のようであった。

その子供が私に言うのである。

「お母さん、私が生まれたからと言って、私のために自分の生き方を変えるのはやめてください。私は作家になるであろうあなたを選んで生まれてきたんです。だからお願いだから、あなたのするべき仕事をして下さい。そうじゃないと私の予定が狂うんです」

目が覚めてから、なんだ今の夢は？　と思った。夢の中で確かにはっきりと子供が言ったのである。自分のために生き方を変えられると予定が狂う……と。

確かに私は、処女作の出版が決まったところで妊娠に気がついた。さあ、これからガンガン書くぞ、と思っていた矢先に子供ができてしまったので、仕事は当分おあずけだなあと思った。

デカい腹を抱えては取材に行けないし、出産した後も一、二年間は子供に手がかかる。核家族の我が家には子供の面倒を見られる人間は私しかいない。

まあしょうがない。妊娠出産育児を含めて三年間は休業だなと思っていた。かけ出しで無名のフリーライターの私に、子供を抱えてできる楽な仕事などあるわけはない。休業して子供が成長して保育園に入るのを待とう……と。

ところが、子供は「それでは困る」と言うのである。なんだかおかしかった。でもまあ、そう言うのなら、なんとか仕事を続けてみようじゃないかと思った。

もちろん、これは夢である。私は夢のお告げを信じるほど信心深くはない。解釈《かいしゃく》はいくらでもできる。たとえば私は無意識下に強く「仕事を続けたい」と思っており、その衝動《しょうどう》を合理化した形で夢に見たのだ……とかね。

でも、解釈は解釈にすぎない。夢の本当の意味は誰もわからないのだ。私に起こった事であっても私は夢の意味すら知ることができない。それが夢だ。私が知っているのは事実だけだ。夢の中で子供が「自分のなすべき仕事をしろ」と言ったという事実。「自分のすべき仕事」とは何だろうと思った。少なくともそれは「人から与えられた仕事」ではないように思えた。それで、私は子供が生まれたのとほぼ同時期に、インターネットでコラムを書き始める。

結果として、それが現在の私につながっていくのである。

男だとばかり思っていたのに、生まれたのは女の子だった。どっちでもいい。私は子供には恩義《おんぎ》を感じている。両親を救ってもらったし、自分の生き方も教えられた。どうにも頭が上がらない。

うちだけじゃない。子供を持つ周りの人々を見るにつけ、子供というのは皆、救世主的存在なんじゃないかなあと思えてきた。

子供ってのは皆、生まれてくるだけで凄《すご》いんである。生まれてくるだけで大仕事をこなしている。だから残りの人生は好きに生きていいのである。

大人になって人のお役に立とうと立つまいと、それは個人の趣味の問題。とりあえず人は、生まれてきたってことだけで十分お役に立ってるのだから、好き勝手に生きていいのである。

いやあ、まったく人間ってのは大したもんだ。

子供の育て方うんぬんと言うのもおこがましく感じて恥ずかしい。こっちが育ててもらってるようなもんである。

あえて私が手を加えてもどうせロクな事はないだろう。

閉じた世界と開いた世界――主体なき犯罪者たち

『夢のなか　連続幼女殺害事件被告《れんぞくようじょさつがいじけんひこく》の告白』宮崎勤《つとむ》著（創出版）

なんだか、この本を読んだ後に言いようのないとてもざわざわとした気分になって、それが何であるのか自分の気持ちを確かめるのに時間がかかってしまった。何かを感じたのだけれど、それをうまく言葉にできない。

とっても奇妙な本なのだ。

だけど、今回は書評することが目的ではないので、本の紹介は最小限にとどめる。興味のある方は読んでみてください。とはいえ、この本が宮崎勤さんの犯罪を解明しているわけでも、鋭く分析しているわけでもない。どちらかと言えば、私の知らなかった一人の犯罪者が無造作《むぞうさ》にむき出しになっている、そんな感じだ。

この本の中の第二章《手紙》が、まず私をとても不可解《ふかかい》な気持ちにさせた。

この《手紙》は宮崎被告と創出版編集部との往復書簡《おうふくしょかん》によって構成されている。そして、この書簡のなかで、質問に答える《宮崎勤》という人物に、私はなぜか不思議な魅力すら感じてしまったのである。

一九九七年四月一四日、宮崎被告に死刑判決が下る。

本章冒頭《ぼうとう》では、

「まず一審判決についての感想をお聞きします。四月一四日の判決をどう思いましたか」

と、質問する。すると、宮崎被告はこう答えるのだ。

「判決と言われるものは聞き置いた。私は裁判といったもの自体に関心ない」

以降、このような質問と応答の書簡でのやりとりが続いているのだけれど、宮崎被告が感情的になるのは家族と自分自身の持ち物についての話題のみで、それ以外はほとんどあらゆることに無関心である。

この無関心っていうのはね、本当の意味での無関心なのだ。

私たちがふだん無関心という言葉で呼んでいるのは《関心が無いというスタイル》としての自己主張のことなのだよ。「関心がない」と言いながら、実はそれは「関心がないということで示す、ある種の主張」となっている場合が多い。そして、私たちは日常、本当の「無関心」を目にすることがあまりない。

私自身を例にとれば、私は「物事に対してまったく関心を失う」ということが現実的にできない。意識に上った時点でもう関心をもってしまうのだ。どんな些《さ》細《さい》な事でも「小さな意味性」をそこに見いだしてしまう。純粋な無関心とは、自我を捨てることであり、それはつまりは「悟《さと》り」のようなものであるのかもしれない。そんなことは私にはできない。

ところが宮崎被告の場合は違う。本当に「意味を感じていない」ようなのである。だから彼は聞かれた事には細かくていねいに答える。ていねいに答えてはいるが、そこに何の意味も見いだしていないある透明さが言葉にある。その真に空虚《くうきょ》な無関心さを、宮崎勤被告の返答から、感じてしまったのである。

私は最初、「判決と言われるものは聞き置いた」と語った宮崎被告のことを、なんだカッコつけてんのか、って思った。そういうクールな態度で自分の動揺《どうよう》を隠《かく》してるんだろうと思ったのだ。ところが、違うのだ。読み進めていくとだんだんに「この人、本当に何にも意味を感じていないのだ」と思えてくる。

その「まったく意味のない淡々《たんたん》とした応答、返事としての言葉」のなかに、絶対的な透明さ、みたいなものが感じられて、うまく説明できないのだが、その虚無《きょむ》に引き込まれるのだ。

ところで、宮崎被告は本の巻頭で《著者前書き》を書いているのだが、その前書きというのが実にまた奇妙なのだ。それはこう締《し》めくくられている。

「最後に、今回こうして本が出たことについての感想……。う〜むわたしは感無量《かんむりよう》である」

どこか人をバカにしたような、ふざけた言い回しである。この前書きは往復書簡の言葉とはまったく違う。とってつけたようなあざとい言葉だ。

そして、さらに変なのが巻末に付録のようにくっついている《お知らせ》だ。

この本の中で、この部分だけが異様に浮いている。読んでいると違和感《いわかん》のためにムカムカしてくるような不思議なページだ。

だいたいページのデザインが変だ。宮崎勤被告の全身写真の切り抜きに吹き出しがついていて「お知らせ」としゃべっている。つまり、これは「宮崎勤本人からのメッセージである」ということを意味しているのだろう。

宮崎勤被告の切り抜き写真にはどんよりとした黒い影が落ちている、なんとなく不安になる。そしてなぜか宮崎被告の頭上には、空と雲の写真が不釣り合いな清々《すがすが》しさでレイアウトされている。いったい、このデザインの意図が何なのかさっぱりわからないが、見ていると不安になる。

ここで、宮崎勤被告は「読者の皆さん！」と、びっくりマーク入りの元気のよさで、読者、つまりは私に語りかけてくるのだ。

「このたび、読者の皆さんが寄せる投稿《とうこう》を本にして出版する企画を立てました。タイトルは『投稿ワイワイ（仮題）』です」

投稿ワイワイという、時代遅れのネーミングにものけぞるが、なにより変なのはこの宮崎被告の言葉のトーンのワンパターンな明るさだ。

「さあ、どんどん送ろう。あなたの投書が本になって残るぞ！」

私はこの本を通読して思った。この人には自分というものがないのだ、だから宮崎勤被告は「とってつけたような言葉」か「自分が存在しない言葉」しか使えない。自分と世界との間をうまく結びつけて、人との交流を生み出すような言葉を、彼は使えないようなのだ。それが本書の中で、奇妙にアンバランスに配置されているから、読んだ人間は不安になるのだ。

ところで、この本には「宮崎勤被告宛《あ》てに獄中に送られた手紙」というのも一部掲《けい》載《さい》されている。宮崎被告の元には相当量の手紙が外部から送られてくるらしい。そして、その多くはファンレターなのだった。ある女性は「同情から始まった恋だけど、こんなに人を好きになってうれしさを感じたのは初めて」と書き送る。また、ある人は「あなたはかっこいい」と書き送る。

私に勧《すす》められてこの本を読んだ私の知人は、これらの宮崎被告に送られた「ファンレター」を読んで、

「こいつら、いったい何を考えているんだ、バカじゃねえか、読んでいると反吐《へど》が出る」

と言い捨てた。確かに、宮崎被告の犯した犯罪の重さを考えると、そのような殺人者を賛美《さんび》するなど「不謹慎《ふきんしん》」であり「気のふれた」行為だと思う人も多いだろう。でも、私は、なんとなく、わかる気がしたのだ。

なぜなら私も、冒頭に書いたように宮崎被告の「自分というものが全くない言葉」に、なぜかある虚無的《きょむてき》引力を感じた。だから私は、いったい自分が彼のどういう部分をどのように感知して「引力」と感じているのかを、自分の中で掘り下げようとしてこれを書いている。自分で怖いのだ。私の中にはどこか犯罪者に引かれる暗い部分が

ある。

村上春樹氏のオウム信者へのインタビュー集『約束された場所で』（文藝春秋）を読んだ時も、幹部《かんぶ》に勧誘《かんゆう》されて入信してしまった信者の気持ちが、どこか自分と重なっているのを感じた。林郁夫《いくお》被告の手記を読んだ時も重なる部分があると感じた。また、いまだに上祐史浩《ふみひろ》氏にファンレターを送る女性たちがいることを知り、それもまたなんとなくわかるなあ、と思ったのだ。

そして神戸の十四歳の少年の事件のときも、なにかうっすらと自分と重なるものを感じた。それはうまく言葉にならない。だけれども、自分の中にも似たものがあるような気がした。ひどく恐ろしかったけれど。

誤解のないように言うけれども、私は殺人を犯したり、犯罪者にファンレターを送ったりしたいわけではない。そんなことしたいとも思わない。そうではなくて、ただ、彼らの言葉の虚無、無意味さに引っ張られるのだ。心のどこかが逆毛立つような感じ。ざわざわした気分になる。忘れていて思い出せない記憶の断片を見せられたような、そんな気分になる。

犯罪者にファンレターを送る人々も、ファンレターを送るという行為がしたいのではなくて、もっと別の気持ちを表現するために「ファンレター」を代償行為《だいしょうこうい》として送っているのではないか、と思える。でも、いったい何の代償行為なんだろう？

宮崎勤被告の言葉を読んで、私はもしかしたら「自分が無い」ということに、この不可解な気分の謎《なぞ》を解く鍵《かぎ》があるのでは……、と思った。

自分が無くなる、つまり主体を捨てるとはどういうことか。

主体って何だろう。

日本人には自分ってものがない、とよく聞く。海外旅行をしていると、同じ日本人がそう日本人を語る。「日本人って主体性ってものがなくて嫌よね〜」と。

素朴《そぼく》に思うのだけど、じゃあみんな主体性ってものが欲しいんだろうか。

主体というよりも、もっとはっきりとエゴ、自我と言った方がわかりやすい。みんな自我が欲しいんだろうか。

私はね、実は自我なんてもの好きじゃないんだと思う。できればそんなもんは捨てちゃいたい。うまく言えないけど、自分が自分が、ってあんまり考えないですむ人生を生きたいと思っているところがある。

私は「自分というものが無い」宮崎被告の言葉にある種の衝撃《しょうげき》を覚えてしまった。

本当に自分が無いみたいに感じたからだ。そして、彼にファンレターを書いた多くの人も、それを感じたんじゃないかなあ、って思ったんだ。

こう書くと、まるで私が宮崎勤被告を「悟った人」として賛美しているように受け取られそうだけれど、全くそうではない。

「自分を捨てる」ことと「自分が無い」ということは、現象的には似ていてもそのプロセスが全く違うのだ。「自分を捨てる」つまり、自己という存在から欲望をそぎ落としていく作業とは、悲しいかな強い自我をもった人間にしかできない。

矛盾《むじゅん》しているようだけど、そうなのだ。なぜなら人間は言葉で抽象概念《ちゅうしょうがいねん》を把握《はあく》している。この世界の限界は言葉の限界であり、知識の限界なのだとも言える。自分を捨てるという限りなく抽象的な世界に入っていくためには、世界を知る……というとてつもない言葉のプロセスを経《へ》ていかなくてはならない。自我を持たないと人は世界と立ち向かえない。世界はうんと抽象的で複雑《ふくざつ》だ。言葉によって世界を創造しながら生きているのが人間で、言葉によって体験を獲得《かくとく》し、自分という個体に閉じようとする意識を、肉体から解放《かいほう》していく。

よく「頭でっかちになる」と言って、言葉や知識は意識を解放する妨げになると言う人がいるけれども、私は違うと思う。もし、言葉というものがなかったら、人間は目に見えている以外のどんな概念も思考することが不可能になる。言葉がなければ抽象的な世界について思考することはできず、目に見えるだけの現実を生きることになるのだ。「あの世」という言葉なしに、どうやって「あの世」について考えることができるだろう。

　ある意味で知識がどんどん言葉化されて成熟《せいじゅく》してきた二一世紀は、新しい精神性の世紀でもあるように思う。知識は精神の妨げにはならない。翼《つばさ》なのだ。精神の妨げになるのは恨みとかねたみといったマイナスの感情の方だと思う。

　高貴《こうき》な精神は言葉と知恵によって羽ばたいていく。そして言葉を超えるのかもしれない。その先のことは私のような凡人《ぼんじん》にはからっきしわからない。

　ところが、「自分が無い」人は、自らの肉体の中に自分を閉じこめて空虚《くうきょ》化していく。

　そして徹底的に自分たちの内側に閉じて空虚になっている人たちの言葉に、なぜか私は高貴な精神と似た《無垢《むく》な》匂《にお》いを嗅《か》ぎ取ってしまうのである。

　完璧《かんぺき》に自分の内面、あるいは宗教に閉じてしまった人と、意識を研ぎ澄《す》まして悟《さと》った人との間には、奇妙な相似形《そうじけい》があるのかもしれない。それはまったく別の行為であるにもかかわらず、どこか似ているのかもしれないと思うのだ。オウム真理教は今も信者を増やし続けているらしい。その理由の一つはそこにあるのではないかと思う。

私も悟りたい。自我や欲望を捨てて世界との一体感を感じたい。だが、開くことと閉じることはどこか似ていて、そのために覚醒《かくせい》を目指しながら迷路に迷い込んでしまう。

宮崎勤さん、そして自らを《透明な存在》と呼んだ神戸の十四歳の少年にしても、オウム信者にしても、目指していたのは抽象的な世界を意識の力で把握《はあく》し、そして自分を解放し、世界との一体感を感じることではなかったのか。生きているという実感、喜び。世界の成り立ちを知ること。自らの生と死の意味を知ることではなかったのか。

だけれども、なんらかの理由で、彼らは自分を閉じた。

そしてどんどん閉じた自分の内側を空虚化していった。そしてついに自分というものがなくなってしまった時に、その存在は透明になった。完璧に空《うつ》ろになった時、その言葉は虚無の引力を持って人に迫るのだ。

私は知りたい。ずっと知りたかった、今も知りたい。

自分がこのうっとうしい《自我＝欲望》から解放されるにはどうしたらいいのか、そんなことができるのか。世界の仕組み、生まれてきた意味、死の意味とは何か。

そんな時、まったく逆に、完全に自分に閉じてしまっている人の言葉の空ろな《透明》さに、自分が求める答えの片鱗《へんりん》を感じてしまう時がある。そして魅《ひ》かれるのだ。もしかしたら限りなく内側の世界に閉じていくことは、その先の素晴《すば》らしい世界に出会うための道なのではないか、と、そんなことを思ったりもしてしまう。

でも、違う。きっと違う。似ているけど違う。

なにが違うんだろう。

たぶん開かれた精神は、さっきから、今、そしてすぐ先の未来へと、永遠に移動し続ける曲線《きょくせん》を生きている。私は瞬間《しゅんかん》の連続を生きてる。

今という瞬間から次の瞬間の間には何があるのか？　今の先にはいつも未来があるのに、瞬間は連続しているので常に感じるのは現在だ。でも、私たちは瞬間しか生きられないにもかかわらず、未来があることを知っている。予感として。そして、その予感に導《みちび》かれて瞬間を移動し続けている。連続した未来へと……。

でももし、自分の中に閉じこもり、自分が決めた予定調和《よていちょうわ》の世界の中にしか生きなければ、この未来への予感は失われてしまう。自分たちが決定した未来に向かって生きる人たちは、もう予感がない。時間も止まり成長もない。世界は自分のなかに完全に閉じてしまう。

閉じた人たちは、生の瞬間の連続性が阻害《そがい》されている。宮崎被告や、神戸の十四歳の少年のように、瞬間と瞬間はバラバラで、奇妙に脈絡《みゃくらく》がなく、まるで夢の中の出来事のようにあいまいだ。断続的《だんぞくてき》で、次の瞬間への予感は奪《うば》われている。それはたぶん、絶望的《ぜつぼうてき》な恐ろしい世界だ。

それでも、閉じた人たちのなかに、私が求めてやまない「無垢《むく》さ」のひな型を見てしまう。生きにくさを体現しているこうした人たちのなかに、私がこの社会を生きるためにどこかで傷つき、失いつつある「無垢さ」を見てしまうのだ。

彼らが目指して、そして手に入れることができなかったものがわかる。

この世界を生きるために自分を変えることができず、世界の成り立ちを自分サイズに変えたことがわかる。そして、閉じた自分の世界のなかでのみ、かろうじて無垢に生きていることがわかるのだ。

それにしても、なぜだろう。瞬間の連続性が描く放物線《ほうぶつせん》の先には、いつも予感としての未来がある。なぜ私はちゃんと次の瞬間に向かって連綿《れんめん》と時を移動していけるんだろう。疑《うたが》いもせず未来に向かって。発狂もせずにこの瞬間が継続《けいぞく》することを確信して……。

開かれた世界の中で時間と空間を統合しながら生きていくこと、それを人間はいとも簡単にやっているけど、これって奇跡みたいにすごい事だ。

自分は瞬間の継続のなかに存在し続ける……と、私は根拠《こんきょ》なく確信してる。

まっすぐな言葉の模索

一九九七年、私は婦人科の個人病院に通院していた。憂鬱《ゆううつ》だった。その病院の一人の看護婦《かんごふ》さんのことが苦手だったのだ。なぜかこの看護婦さんはいつも不機嫌《ふきげん》なのだ。病院という場所は、できればあまり行きたくない場所である。その場所に不機嫌でつっけんどんな人がいるととても気後れする。妊娠中だった私は月に一度の定期検診に通わなければならないのだけど、あの看護婦さんがいるかな〜と思うと足が重くなる。

毎回毎回、ひどく些細《ささい》な彼女とのやりとりが私を憂鬱にした。

些細過ぎて言うのも恥ずかしいのだが、こうした日常の些細なことの積み重ねが、病気の時は負担になる。たとえばある時、料金を支払う際に「二五四〇円です」と言われ、五〇〇〇円札を出した。すると彼女はギロリとお札をにらんで、ものすごく不機嫌につっけんどんにこう言った。

「田口さんは毎回、二五四〇円ですから」

一瞬《いっしゅん》彼女が何を言いたいのかわからなかった。つまり、彼女は「毎回同じ金額なんだから細かいのを用意しとけよ」という事を遠回しに言ったのだ。

「あ、あの探せばもしかしたら細かいのがあるかも……」

私はあせって小銭入れを取り出そうとしたが、彼女はにべもなく、

「いいわよもう。次回から気をつけてください」

と言うのである。

どうして「いいわよもう」なのだろう。どうして「細かいのがあったらください」と言わないんだろうな、と不思議だった。普通に言ってくれればなんでもないことなのにな。言葉が曲がっているのだ。本当に言いたいことをストレートに表現しない。この看護婦さんは一事が万事こんな感じだった。だから、みんなビクビクおどおどする。


また、別の病院でこんなことがあった。

飲み過ぎて明け方にひどい腹痛《ふくつう》がして、救急で胃腸病院に行った。まったく情けない。脂汗《あぶらあせ》がたらたら出る。四六のガマみたいに脂汗を流す私を見て当直の先生は、

「大事をとって、検査が終わるまでちょっと入院しなさい」

と言う。

絶食《ぜっしょく》指示が出て、点滴《てんてき》が用意された。

すると、やって来た看護婦さんが口早にこう言うのだ。

「右と左とどっちがいいですか」

「は？」

「右と左！」

「あの、えっと、ごめんなさいどういう意味ですか？」

「だから、右と左とどっちが血管が出やすいかって聞いてるの」

腹痛のため動転してる私はハタと考えたが、そんなことわからなかった。

「さあ、あんまり点滴したことないんで……」

すると看護婦さんは「ふう」とわざわざ大きなため息をついて、私の左手に点滴の針を刺したのだった。私はなんだかすごくヤナ感じだった。どうして彼女はため息をつくのだろうと思った。それは何を意味しているんだろう。違う場面で彼女はこうも言った。

「そんなことしてたら、いつまでたっても治らないですよ」

「誰だってがまんしているんです」

「お願いですから、言われた通りにしてください」

私の友人が堕胎《だたい》のために入院したことがあった。

事情があって、子供を産むことができなかったのだ。

手術が終わり麻酔《ますい》から覚めた時、彼女は点滴を交換しに来た看護婦さんに、

「あの、子供は男でしたか、女でしたか?」

と聞いたそうだ。そしたら、

「そんなのぐちゃぐちゃになっちゃうからわかんないわよ」

と言われたそうだ。

その後、彼女は術後感染《じゅつごかんせん》により高熱が出た。その時も、

「ひどい事したんだから苦しむのは当たり前、償《つぐな》いだと思ってがまんしなさい」

と言われたそうだ。その言葉を思い出すと今でも悔《くや》しいと言う。

「そりゃ、悪いのは私だけど、あの時は本当につらかったんだから」

私の兄は神経症《しんけいしょう》を患《わずら》っていた。

兄の精神状態が思わしくなかった時期、父親が兄を実家の近所の精神病院に連れて行った。すると、兄は「どこも悪くない」と言って帰されてきたという。

私は医師に電話をかけてくわしい診断を聞かせてくれるように頼んだ。

「あんた誰？」

とまずその医師は言った。

「あの、妹ですけれど」

「妹さん？　何が聞きたいの」

「兄のことでもう少し詳しい説明を受けたいと思いまして」

「どこも悪くないですよ、いたって正常ですよ」

「でもあの、本人は眠れないと訴《うった》えていますし、基本的な生活が出来なくなってますし、時々軽いてんかん発作のように意識が飛んでいる感じがあるんですが……」

するとと医師は急に言葉を荒げた。

「あんた、どうしてそういうことがわかるわけ？」

「あ、あのカウンセリングの勉強をしていますので」

「そういう素人《しろうと》が聞きかじりで生半可《なまはんか》なことを言うのが一番困るんだよね。だったらあなたが信頼できる医者に連れて行ったらいいでしょう。うちの病院はね、本人が正常だと言い張っている以上、騒《さわ》ぎでも起こしてくれるまでは入院させられないんですよ。まあ、私の診断ではあんたのお兄さんの場合は性格異常ですね、生まれつきだから治らないです」

私は茨城の実家の近くにある精神病院をいくつか回ったが、個人病院に関してはほとんどこの対応と大差がなかった。まるで精神病の暗黒大陸のようだと愕然《がくぜん》としたことを覚えている。この土地で精神を患《わずら》ったら、適切なカウンセリングを受けることは不可能なんじゃないかと思った。中規模の地方都市なのに……、である。その後、兄は両親に暴力を振るい二度ほど警察沙汰《けいさつざた》になった。私は家族の誰かが死ぬ前になんとか兄を病院に連れて行きたいと思い、再び実家（茨城）の精神病院を回ったが、通える範囲にある病院でまともに相談に乗ってもらえるところはなかった。

「もう一度、警察沙汰を起こしたら措置入院《そちにゅういん》できますよ。そしたらしばらく預かってあげます」

そう言った医師がいた。

ひどい事ばかり例にとって書いてしまった。

しかし事実である。知らないことは書けないので、卑近《ひきん》な例を使ってしまった。もちろん、私は本当に力になってくれたすばらしい看護婦さん、お医者さんもたくさん知っている。医療従事者《いりょうじゅうじしゃ》に友人は多い。すべての医療従事者に不信感などもっていない。ここでは「言葉の問題」を扱うために、あえてこのような悪い例をあげてみたので許してほしい。

私がこのような医療の現場で感じたのはいつも「無力感」だった。

だけども私は「無力感」こそ、医療という現場にあってはならないものなのに、と思うのだ。なぜ、私は無力感を感じるのか。それは、自分というものを受け入れてもらえないからだ。病院という場所に行った時に、強く感じるのは「受け入れ拒否」なのである。

病院では一方的に「情報」を与えられる、「指図《さしず》」される、「質問」される。多くの場合、こちらから情報を与えたり、指図したり、質問したりすることを拒否されたり無視されたり嫌がられたりする。受け身を強いられる。それが私をとても「無力な存在」にしてしまう。

ここで、正直に告白する。

私は自分に余裕がない時には、相手の言うことを聞かずに一方的に自分の考えをしゃべって、相手を封じ込めてしまう傲慢《ごうまん》な人間になる。先にあげた悪い例は、そっくりそのまま忙しくて余裕がない時、何かに不満を感じているときの私の言葉として置きかえられる。

私自身がカウンセラーの訓練を受けていて、相手を受容することの大切さを痛感しているにもかかわらず、現実に自分が時間的、身体的、そして精神的余裕のない時、人の話を全く受け入れられない人間になってしまう。そういう時の自分は、相手のちょっとした言葉がすべて攻撃に聞こえる、読める。そして、無理をして相手の話を聞いているとだんだんと被害者意識が膨《ふく》らんできてヒステリックになってしまう。

じゃあ余裕を失った私をシラフの状態に戻してくれるものは何か。

私から冷たく無視されてもなお、ぶつかってくる「人間」なのだ。

もし相手が黙ってしまったら、私は相手を支配した気になってそれで終わりにしてしまう。でも「あなたは私の言うことを聞いていない」「私が言いたいのはそういうことではない」「私はあなたを非難《ひなん》しているのではない」と言って、私の言葉にめげない相手。そういうまっすぐな人たちから、やっと自分の傲慢さを教えられる。

少なくとも私はそうだった。自分の余裕がなく傲慢になっている時、ガツンとやってくれる赤の他人によってやっとシラフに戻る。

だから私もめげない患者になろうと思っている。

無力さを感じた時、受け入れられていないと感じた時は、こちらを向いてくれるまで粘る。嫌味を言われて、邪魔《じゃま》扱いされても、冷たくされても、それでもめげない。もちろん、この特攻精神《とっこうせいしん》がいつもうまくいくとは限らない。

でも、確かにそこから糸口が見つかることがあるのだ。それは事実なのだ。

最初の例にあげた看護婦さんに、ある日二人きりの時に私は言ってみた。

「あのね、看護婦さんはなぜそんなに不機嫌なんですか？　私はあなたの前に出るといつも怒られているような気分になって緊張《きんちょう》してしまうんです。病院に来るのが憂鬱になっちゃう時があるんです」

「え？」

と言ったまま彼女は固まってしまった。彼女の顔は見る見る真っ赤になって、何も答えず黙って保険証を返してきた。私も気まずかった。でも次の時、彼女は自分から話しかけてきて、

「自分に子供が生まれないことをとても気にしている。おまけに寝たきりの姑《しゅうとめ》を抱えて仕事をしていて気持ちの余裕がもてない」

と話してくれた。

「子供、生まれないの？」

「不妊症《ふにんしょう》みたいなの」

「それじゃあ赤ちゃんや産婦さんを見るとなんか辛《つら》くなるよね」

するとと彼女はそのことに初めて気がついたみたいに、

「そうかもしれない」

と言った。

「自分でも、なんでイライラしてしまうかわからなかった」

不妊症の女性が産婦人科に勤めるというのは、確かにストレスがたまるだろう。でもそのことに彼女は自分で気がつかなかったのだ。以来、彼女の態度は変わった。私も彼女に親しみをもって会話するようになった。しばらくして彼女は病院を辞《や》めた。噂《うわさ》では内科の病院に移ったらしい。


人を呪《のろ》わない言葉を話す、そのためにはまず、自分が呪いから解かれる必要がある。自分のなかの怨念《おんねん》と決着をつけないと言葉の癖《くせ》はなかなか治らない。言葉のゆがみ、不機嫌《ふきげん》な態度はたいがい癖になっている。癖になってしまっているから自分で気がつかないのだ。でも、癖だからこそ治せる。

言葉はほんのちょっとのストレスでゆがむ、曲がる。

まっすぐな言葉を発することはむずかしい。でもそれはお互い様なのだ。自分の言葉だって曲がっているのだ。そして曲がっていることに気づきもしない。

修正し合うしかない。勇気をもって。お互い傷つくことを恐れずに。コミュニケーションは愉快《ゆかい》なことばかりじゃない。パワーのいる作業なのだ。

誰かの言葉に傷ついた時、私は相手を変えたいと思ってきた。でも、最近は相手を変えたいのは自分の都合なのだと思うようになった。

「私が気に入らない」のだ。その際に大切なのは、相手を非難《ひなん》することではない。自分がどう感じているかを相手に伝えることだ。

「私はあなたの言葉で、こんな風に傷ついてしまう人間です」

それを伝えたら、きっと相手は何かを感じる。

「あなたが間違っている」

と言ってしまうと喧嘩《けんか》になってしまう。さまざまな場面で、相手の言葉に腹を立てて怒っている人を見る。私もよく人の言葉に腹を立てている。

そんな時、私は、

「あなたのその言葉にとてもつらい気分になりました」

ということを伝える。がんばって伝える。めげちゃうことも多いけれど、でもとにかく、相手に自分の気持ちを伝えることを優先《ゆうせん》している。うれしかったときは、同じように、

「とてもうれしかった」

と伝える。

人は傷ついている自分を相手に知られるのが恥ずかしいので、つい相手を攻撃してしまう。

でも、違う立場の人間同士が出会うきっかけは、

「相手が何を感じているか」

をわかりあうことなんだと思う。どちらの側にも「めげないタフさ」が必要だ。

何かを変えるためには、両者に図太さと、優しさが必要だ。

言葉がまっすぐに相手の心に届く時、まっすぐな言葉には話し手の魂《たましい》が宿る。

その時、言葉は立ち上がり、言葉以上のものを伝えるのだと思う。

言葉以上のもの。そこにはきっと癒《いや》しや祈りや希望が潜《ひそ》んでいるに違いない。

3

寺山修司さんの宿題

十四歳の時、初めて寺山修司を知った。

ある日、友達の新井智恵美が『あなたの詩集』という本を貸してくれた。

それは、寺山修司が素人《しろうと》の女の子たちから詩を公募《こうぼ》して自ら編纂《へんさん》した詩集だった。人気があるらしくシリーズになっていた。一読して「凄《すご》い」と思った。それから熱狂してむさぼり読んだ。もちろん、おこづかいを貯めて全シリーズ揃《そろ》えた。読めば読むほど燃えた。そこに詩を書いている少女たちの言語センスに圧倒されたのだ。

当時、茨城県の田舎の中学生だった私は、詩といえば学校の国語の教科書に載《の》っているようなものしか読んだことがなかった。でも、『あなたの詩集』に描かれている詩的世界は、もっと身近で、もっと神秘的で、カッコよくて、言葉を浴びただけでくらくら眩暈《めまい》がしそうだった。

寺山修司から絶賛《ぜっさん》されていた素人少女詩人のなかには、今は劇作家になっている岸田理生《りお》さんがいらっしゃった。その他、度々登場するスタープレーヤーたちがいた。アンニュイな少年・杏里《アンリ》の日常を描いた詩、万里の長城に住む不眠症の猫を描いた詩、大和言葉を駆使《くし》して自然を描き出した連作。

言葉にはなんという多種多様な表現の可能性があるのだろうと思った。しかも、書いているのは私と年の違わない少女たちなのだ。

そして、寺山修司は少女たちの才能を絶賛していた。彼が少女詩人たちに送る短いコメントにも宝石のような言葉がきらめいていた。

「この人の詩は、燃えながら歌っている回転木馬のようだ」

なにしろ二五年も前の記憶なので定かではないけれど、こんなコメントを寺山さんが書いていたことがあった。私はこの一文を読んだだけで、その映像が頭の中に鮮明《せんめい》に浮かび上がり、その時の感動を今でも想起《そうき》できる。燃えている回転木馬。なんと美しく狂おしいイメージだろう。

そして、寺山修司に憧《あこが》れた。この人に認められることは言葉の世界に認められることだと確信したのだ。魔法のように言葉をあやつる少女たちの総元締《そうもとじ》め。謎《なぞ》のあしながおじさん。それが、私が思い描く寺山修司だった。

十四歳の頃、私はずいぶんと人生のマニュアルを読んだ。「人生の指針」となりそうな本は片っ端から読んで読みあさった。加藤諦三《たいぞう》から草柳大蔵《だいぞう》まで、エーリッヒ・フロムから谷川俊太郎まで、とにかく読んだ。十三歳から十九歳頃まで、渇《かわ》いた脳が水を欲しがるみたいに「人生の指針」を求めていた。なぜあんなにも自分が人生の指針を求めていたのか、今になってみてようやくわかる。

自分を知りたかった。自分が自分であることを確認したかった。だから、自分とは違うもの、違和《いわ》なるもの、異物《いぶつ》としての他人を求めていた。でも、田舎の中学生の日常生活の中に、決定的な異物となるような存在はいない。先生も、友達も、みんな予《よ》定調和《ていちょうわ》的だった。自分を脅《おびや》かすほどの違和なるものがない。だから、それを本の世界に求めていたんだと思う。

だけど、あらゆる本は、本でしかなかった。人生の指針を読んでも、それは文字でしかなかった。読書体験でしかなかった。私が求めていたものは「リアルな異物」だった。徹底的に私の価値観を叩《たた》き潰《つぶ》すほどの力を持った、強大な他者を求めていた。それと出会わないと自分を生きられないことを直感的に知っていたような気がする。

そして、寺山修司という人だけが、本の世界からこちら側の世界に越境《えっきょう》してくれたのだ。寺山さんはそういう人だった。軽々とあっち側からこっち側へ入ってこられる。まるで次元を移動する幽霊みたいな人だった。

私は、十五歳の頃から寺山修司に手紙を送り続けた。なぜかというと、やはり寺山さんが編集していた「ペーパームーン」（新書館）という雑誌に、寺山さんが「お手紙下さい」と書いていたからだ。だから私は手紙を書いた。読んでもらえなくてもいいと思った。何を書いていたかろう。他愛《たわい》ない事だったと思う。学校で起こった出来事、今日の空の色、通学路のコスモスの美しさ、寺山さんの本の感想。

寺山修司は、私の世代の少女たちにはあまりなじみがない。寺山さんがアンダーグラウンドの旗手《きしゅ》として最も活躍していたのは私が小学生の頃だった。寺山修司の本を読むと、ひと世代前の人々の息吹《いぶき》が感じられる。それは私の世代（私は五九年生まれだ）にはない不思議な力だった。

六〇年代のどこか微熱《びねつ》を帯びたような時代の雰囲気。そんなものに七〇年代を生きていた私は憧《あこが》れた。自分の生きているこの場所が生ぬるいと感じた。そんな思いを寺山さんへの手紙に書きつづったように記憶している。

十七歳のある日、突然、寺山修司本人から電話がかかってきた。もちろん私宛《あ》てにだ。

「寺山です」と彼は言った。「いつも手紙ありがとう」「読んでくれてたんですか？」と私は興奮《こうふん》して叫んだ。「読んでます」と彼は答えた。それからのやりとりは、頭が茫然《ぼうぜん》としていてうまく思い出せない。とにかく会うお約束をした。次の日曜日に京王プラザホテルのロビーで、ということだった。

電話を切ってから、京王プラザってどこだろう、と思った。ホテルなんて行った事もなかった。東京なんて遠い世界だった。それでも行こうと思った。行かねばならない。きっとそこには私がこれまで出会った事もない「異物」が蠢《うごめ》いているに違いない。

本の中の世界でしかないと思った「違和なるもの」が、いま、自分の日常に漏《も》れ出して来たのだと思った。そういう力を寺山さんは持っていた。漏れてくるのだ。私のような田舎娘にまで。

次の日曜日、母親に泣いて頼んでこづかいをもらった。電車を調べ、東京の地図を買い、一人で起きて始発電車に乗った。興奮のあまり耳たぶが熱かった。私は本当に、あの寺山修司に会えるんだと思った。心臓《しんぞう》がバクバクする。

京王プラザホテルのロビーには、寺山さんの秘書の女性がいた。そして「こっちです」と部屋に案内してくれた。入って行くと、同じような年頃の少女たちが、四、五人いてカーペットの床に座っていた。恐る恐る名前を告げると、少女たちの真ん中に座っていた男の人が「ああ、あなたが……」と笑った。その人は私が茨城の田舎では見たこともないような独特の雰囲気を持っていた。先生でもない、親戚《しんせき》のおじさんでもない、誰でもない、寺山修司だった。大人の男であり、芸術家だった。

「あなた、星座は何座？」といきなり聞かれたので、「天秤《てんびん》座です」と答えた。すると寺山さんは「ほう」と言った。それが何を意味してたのかはいまだにわからない。それから彼はどうでもいいことのように言った。「あなたは文才あるよね」

その後、連れて行ってもらった麻布十番の天井桟敷《てんじょうさじき》には、J・A・シーザーという不思議な名前の長髪の青年や、小人や、ちょび髭《ひげ》を生やしたダリそっくりのおじさんがいた。家出人や、歌手の卵や、俳優や、同性愛者や、作家の卵がいた。もう私の想像を絶する、ありとあらゆる「違和なるもの」がそこに大集合しているみたいだった。

寺山修司という人は「異物」を集めて、それを他人の人生に注入するのが趣味みたいだった。私もそのおこぼれにあずかったのだろう。おかげで私は自立できた。あれだけのものを十代に見せていただいたら、この生ぬるい時代の中でもどうにかこうにか自分を生きられる。

結局、私が私を知るためにもっともてっとり早い方法は、私以外の異物と出会うことなのだと思う。それを、壮大なスケールで寺山さんは仕掛けていた。もしかしたら、それが芸術家の役目なのかもしれないと、ふと思う。

寺山修司は、すこぶる面倒見のよい人だった。寺山さんを知る人は皆そう言う。「人の才能を見抜くのがうまかった」「ほめ上手だった」と。

そのくせ、次の瞬間にはもう相手の事を忘れていたりする。今を生きているから、目の前にいる人には真剣だが、サヨナラしたとたんに相手は消える。

私のような田舎娘は、一度優しくしてもらうとそれが永遠に続くように錯覚《さっかく》する。だから、次に会った時は冷たくされたと感じて、一人でめそめそ傷ついたりしていた。優しくされるともう一度声をかけてもらいたくて、ほめてもらいたくて、寺山さんに執着していた。

そのような執着こそが、自分を生きるための邪魔《じゃま》になるのに、若かった私にはそれが理解できなかった。次第に傷つくことが多くなって、いつしか私は寺山修司から離れた。イソップ物語のキツネのように「あのブドウはすっぱい」と思うことにしたのだ。

それでも、寺山さんはマメな人で、直筆の年賀状はくれたし、「友人五〇人に送るニュースレター」という近況報告の手紙を定期的に送ってくれた。その手紙の末尾に「今度、あなたのことを猫の本に書きました」と書いてある。意味不明だった。本に書いてくれたのなら、書名と出版社を教えてくれればいいではないか。でも、そういう事に気が回らない人だった。

本屋に行くたび、寺山さんの新刊が出ていないか、それは猫の本ではないか……と探したが、そんな本は並んでいない。がっくりするのにも疲れ果て、いつしか忘れていた。

それから二〇年があっという間に過ぎて、とうに寺山修司もこの世を去った。

私は三六歳の頃から、本格的に文筆業への道を歩み出した。遅いスタートだった。その頃に、実家の押し入れを整理していたら、かつて寺山さんからもらったニュースレターの束が出てきた。そういえば私は、あの当時の寺山さんと同年代になったのだなあと思った。

およそ二〇年ぶりに、寺山さんからの手紙を読むと、そこには海外公演での苦労や、体調がおもわしくなくて苦しいことなど、寺山さんの当時の心情が書かれている。びっくりした。十代だった私は、この手紙をまったく理解していなかったのだ。文面からあふれる当時の寺山修司の気持ちをこれっぽっちも感じていなかった。十代の世界観はこの程度だったのか、とあきれ果てた。だとしたらよくもこんな鈍感な私の相手をしてくださったなあ、とため息がこぼれた。

ところで、寺山さんが手紙に書いてきた「猫の本」を、私はひょんな事から手に入れた。

フリーライターの友人が猫の本の収集家で、私の話を聞いて「もしかして、これじゃないかしら」と持って来てくれたのだ。

それは、猫の絵はがきを集めた画集で、その巻末に寺山さん作の短い物語が載《の》っている。

探偵寺山修司と、十八歳の少女が、文学の中に消えた「煙」という名の猫を探しに行く、という妙な物語であり、その少女の名前は私の実名だった。しゃべり方といい、落ち着きのない仕草といい、描かれているのは間違いなく十八歳の私だった。

私はそれを読んでおいおい泣いた。私の未来に、こんなプレゼントを残してくれた寺山さんのお葬式《そうしき》にすら行かなかった。私は長いこと寺山さんを疑《うたが》っていた。それは自分の才能を疑うこととイコールだった。

本という次元を越えて現れた「人生の指針」を信じられないほど、私は弱い人間だった。

この世に「人生の指針」はたくさんある。人はある時期、生きるためにそれを求める。「人生の指針」を描ける人は、他人の違和になれる人だ。しかも、読むだけで漏《も》れ出てくるような強烈な違和だ。

私はおっかなびっくりそれに触れた。寺山修司という強烈な個性。

そしてその異物を飲み込むまでに、二〇年がかかってしまった。

でも、触れてよかったと思う。「自分を生きる」という宿題を、私はついに解いたのだ。

（初出『鳩よ！』二〇〇〇年五月号）

インターネットライターへの道

新しい本を出版すると「著者インタビュー」という取材申込みが来たりする。

私はずいぶんと長いこと自分がインタビューをする側だったので、インタビューされる事にはとても不慣れでこっぱずかしい。

「嫌がらずにどんなインタビューもすべて受けて本を宣伝してください」

と、編集者から強く言われた。

態度がデカいわりには律義《りちぎ》な性格なので、私は素直にインタビュー依頼はすべてありがたくお受けしている。

昨年出した本は内容がちょっとエッチな本だったので、来るインタビューもエッチな内容が多かったりする。

ある時、出張から帰って来て成田エクスプレスのホームのキオスクで雑誌を見ていたら、雑誌の扉に「田口ランディさんと気持ちいいセックスについて考える」というインタビュー見出しが出ており「ぎゃーーー！」と頭を抱えて逃げ出したことがある。あの時はほんっと恥ずかしくて、もう二度とエッチモノは書くまいと心に決めたりした。インタビューされる質問もエッチな事ばかりなのである。自分で書いていて文句を言うのもおかしいが、やはりセックスの事は聞かれるとチト恥ずかしく「酒もってこ〜い」と怒鳴《どな》りたくなってしまう。シラフじゃとても語れねーぜ。

次作の『もう消費すら快楽じゃない彼女へ』（晶文社）は、エッチな内容ではない。どっちかというと「ランディさんって根は暗いですね（編集者談）」と言われるような内容である。また、ある友人は「相変わらずへ理屈こねがうまいわね」と感想を述べた。そういう「へ理屈こね」で「暗い」内容であるらしい。

らしい、としか言えないのは自分が書いた本を客観評価《きやっかんひょうか》できないからだ。が、とにかくエッチではないのでエッチなことをインタビューで聞かれることはなくなり、私はほっとした。

では、今回は何を聞かれるかと言うと、必ず聞かれることは二つある。

「なぜインターネットで書き始めたのですか？」

「インターネットに書いて食えるのですか？」

私はインターネットの世界から活字メディアに出てきた書き手なので、どうやらこの二つは活字メディアの方にとって共通の疑問らしかった。絶対に聞かれるのである。「なぜネットで書き始めたのか」という質問に、私はいつもとまどってしまう。この理由を説明するためには、およそ三〇年ほど自分の過去を遡《さかのぼ》らなければならない。

実は、なぜインターネットに書くのか、というのは私の書き手としての原点を問う質問であるのだ。

かつて、私は夢見がちの本好きの少女で、いつも自分の空想世界で遊んでいた。そして自分で物語を作り、下手な絵でマンガを描いていた。

物語やマンガを描くのが本当に楽しかった。何時間でも熱中できた。大好きだった。没頭《ぼっとう》している時間が幸せで、永遠に続けばいいと思った。

ところが、十一歳を境にして、私はその世界に住めなくなった。なぜなのかわからない。非常にはっきりと記憶していることがある。私は十一歳の時に盗作した。

国語で創作の物語を作る授業の時に、私はかつて読んだことがあるマンガのストーリーを盗作して物語を作った。なぜそんな事をしたのか今はわかる。「いいものを作りたかった」からだ。

たぶん、十一歳の頃から私は「人に評価されほめられるものを作る」という病気に冒され始めたらしい。そしてそれは「失楽園」の始まりでもあった。

社会性を獲得《かくとく》し始めた頃から、私の創作意欲は「自分一人の楽しみ」から「評価される楽しみ」に移行していった。そしていつしか「ただ無心に楽しい」という気持ちをなくしてしまったのだ。

「魔女《まじょ》の宅急便」というビデオを娘とよく観《み》る。

主人公の魔女の少女が、ある日魔法が使えなくなる。それまでは意識せずに使えた魔法が、突然使えなくなる。少女は十三歳。初めてのスランプだった。

この魔女のスランプ状態が、私の場合二五年も続いた。

どうしても他人の目、他人の価値観に合わせてしまおうとする。自分を表現することができない。ほとばしるように自分を出す情熱《じょうねつ》がない。評価されようとする。評価されないと意味がないように感じる。

だから私はずっと自分を「正当に」評価してくれる集団、場所、関係を求めてさまよって来た。仕事は順調だった。私は他人に評価されるものを作るのは得意だった。

誰かの価値観に合わせて、誰かの美意識を読み取り、それを満たすのはとても得意だったので、広告の仕事をしていた時もコンペは負け知らずだった。

でも、他人を意識せずに自分を表現することができなくなっていた。自分が書きたいものがわからない。衝動的《しょうどうてき》に自分の内面から湧《わ》いてくる言葉がない。なぜだろうと思った。なんで私には仕事への情熱はあっても、創作への衝動はないのだろう、と思った。

書きたいという気持ちはあるのだけれど、何を書いてみたいのかわからない。でも、そんな衝動がなくても仕事は順調だったし、社会的に自分の仕事が評価されていたのでけっこう幸せだった。

それで、私はこう思う事にしたのだ。「表現衝動というのは、いつか消えるのだ」と。大人になったらなくなるものなのだ、そういうものなのだ……と。

衝動がなくても、書き手にはなれる。ちゃんと職人的に仕事をこなして実績《じっせき》を積めばいいのだ。私は三四歳の時に生涯《しょうがい》の仕事として書くことを選んで会社を辞《や》めた。その時、作家になりたいなあとは思ったが、なれるとは思っていなかった。

なぜなら、書きたいという強い衝動がなかったからだ。いつか書きたい、何か書きたいと思っていたが、それがいつであり、何なのかわからない。だから作家性のある仕事をしたいとは思っても、出す企画に情熱がなく、頼まれ仕事の方がはるかに得意だった。

人から頼まれた仕事にほんのちょっと自分の個性を加味する。それが私の最も得意とするところだった。それで十分だった。一〇〇%自分を出すなんて考えられなかった。やろうとしても出来なかった。

ところが……。会社を辞めた翌年に兄が四三歳の若さで死に、その翌年に出産し、その翌年には母が死んだ。たて続けに家族が死に、生まれ、病院と葬儀屋《そうぎや》の間を何度も往復した。

なんだか回ってる洗濯機に放り込まれたような三年間だった。

兄は自殺だった。父親は神経衰弱《しんけいすいじゃく》になり、私の腹はどんどんデカくなっていく。

何が何だか訳がわからない。その間に子供はオギャーと生まれてくる。おめでと～と言われているうちに、突然、母親が倒れた。母親は植物人間になった末に原因不明な死を遂《と》げた。悲しいんだかうれしいんだかわからない。何が幸せで何が不幸なのかわからない。

あまりにもショックな事が多過ぎて頭が整理できなくなり、そして、ついに私は書き始めた。書かなきゃおれんと思った。もうなにか猛烈な勢いで書き始めて、止《や》められなくなった。

思うに、私は家族の問題に触れるのが嫌なので、それを二五年間封印してきたようだ。心のコアの部分に蓋《ふた》をしていたので、そのために自己表現が阻害《そがい》されていたのかもしれない。

兄と母の死と、娘の誕生は、そういう心のマンホールの蓋を一気に吹き飛ばす威力《いりょく》があり、私はとにかく自分の中でかたくなに拒んでいた自分の家族の恥部をぶちまけたくなった。

書きたいと思った。というよりも、気がついたら書いていた。そこにネットがあったので、ネットに書いたのであり、別に風呂屋《ふろや》の壁でも、民宿の思い出ノートでも、なんでもよかったのだ。

たまたま、そこにネットがあった。その向こうに不特定多数の誰かが存在していた。そういう見ず知らずの人に向けて、私はたぶん自分のことをしゃべりたかったのだと思う。だから気がついたら書いていたのであり、それが書くことの始まりだった。

もう洗いざらい書いてしまえ、と思った。半ばヤケクソに近い。全部ぶちまけてしまえと思った。恥ずかしいとも思わなかった。そうしたら、オモシロイようにいくらでも書ける。

二五年の長いスランプの末に、私はやっと魔法を取り戻した。何を書きたいって、私は自分のことを書きたかったのだ。それなのに自分のことを書いてはいけないと思っていた。自分のことなんてとるに足らないことだと。確かに他人にとってはとるに足らないことかもしれない。でも、私にとってはそれが唯一《ゆいいつ》書きたいことだったのに。

好きな事を衝動《しょうどう》のままに書いて発表できる場がパソコン画面の向こうにあった。フツキーな事だと思う。評価のない世界に再び自分が戻って来られるとは思いもしなかった。無心になれる。ただもう書きたいという気持ちが湧《わ》いてくる。

「そんな事を言っても、書いたものでお金を得なければそれはプロじゃないでしょう」

と、ネットで書き始めた頃にライター仲間から言われた。

「だいたい、あなたの個人的な意見を読まされるのはあまり気分の良いことではない」と言われたこともあった。

私は当時からされっきとしたプロで、ライターとして働いて、そこそこ稼《かせ》いでいた。今、私が自分について書いたとしても、それはプロが書いた文章であることに変わりはない。

でも私はずっと「無名のライターが偉そうに自分の事を書いて読ませてはいけな

い」と思っていた。自分を公に表現するためには権威《けんい》が必要で、権威がない限り無名な人間の発言は無視されると思っていた。

そう思っていた時、私は何ひとつ書けなかった。

私が私という主体を離れて何ができるというのだろう。私は誰になろうとしていたのだろう。愚《おろ》かなことだ。私は私の頭で考えるしかない。私の体験から発想するしかないのに。

五年前も私はプロだった。では五年前の私と今の私のどこが違うのだろうか。

その違いを自分の文章から読み取るのは難しい。自分の書いたものを客観的に読めない。でも意識はまるで違う。

魔女のスランプが終わったのだ。私は人生経験をそっくり記憶したまま、十歳の頃のように無心になれる。とはいえ、こだわりを捨てるために二五年が必要だった。このスランプが長いのか短いのか私にはよくわからない。しょうがない。私には二五年が必要だったのだろう。

なぜインターネットで書くのか？　は、無心になってしまった私にはさほど意味がない。ここにインターネットがあるから……というだけなのだ。

インターネットで食えるのか？　と言われても、答えに困る。食うためにネットに書き始めたのではなかった。自分を生きるために書き始めた。

「食える収入っていくらくらいの事をおっしゃってるんですか？」

と逆に質問してみたら、インタビュアーは、

「そうですね……」

と考えてから、

「年収七〇〇万くらいでしょうか……」

と答えた。それを聞いて私ははっきりお答えした。

「では、絶対にインターネットでは食えません！」

学生のみなさま、ありがとう

K先生から最初のメールをいただいたのは、もう半年も前の事だった。

メールには私のコラムに対する丁寧《ていねい》な感想と自己紹介が書かれていた。それによるとK先生は米国に留学した後、愛知県の大学で「英米文化」に関する講義《こうぎ》をしているという。それも「映画」を題材にして現在の若者文化を分析しているとのこと。

へー、おもしろそう、と思った。

映画は好きだ。それにK先生は現代思想を研究しているらしいが、それと「映画」と「若者文化」という組み合わせにそそられた。「一度、大学に遊びに来てください」と書いてある。

で、返事を書いたのだ。

「最近、二〇歳前後の若い人たちと会う機会がないので、ぜひ私もK先生の授業を聞いてみたいし、生徒さんたちとお話ししたいなあ」

まさかその時は、本当に実現するなどと思ってもいなかったのだけど、K先生は「じゃあ一月くらいにどうでしょう」と言い、その後何度か短いメールのやりとりが続いて、なんと先週、名古屋のK先生が勤務《きんむ》する大学に行ってきた。

しかも、私はK先生の授業を自分が受けるつもりだったのに、いつのまにかK先生は大学に「特別講師」の申請《しんせい》を出していて、なんと私がしゃべる事になっていたのだ。話が違うぞ～と思いながらも、貧乏な私はギャラが出るというのでうれしくなって出かけて行った。一月一二日の出来事である。

初めてお会いしたK先生は、メールの印象と全然違った。

絶対に色白の学者肌のなよっとした眼鏡の男性……っていう感じだと思っていた。

でも現れたK先生は、デカくて色黒で、登山部OBみたいな感じの人だった。

一二日の夜に名古屋入りした私は、翌日の「初講義」に備えてK先生とホテルのレストランでワインを飲みながらミーティングをすることになった。

「最近の学生は本当に集中力がありませんから。講義中でも平気で携帯《けいたい》は鳴らすし、おしゃべりする。自分が気に入らないと注意してもプイっと出て行ってしまう。人気のない教師の授業は学級崩壊状態ですよ」

自分で呼んだくせにK先生はやたらと私を脅《おど》かすのである。

「覇気《はき》がなくて閉塞《へいそく》的な学生が多いですよ。彼女たちの口癖《くちぐせ》は『つまらない』『たいくつ』です。昼食の時にいっしょにいても楽しそうに見えない。なんとなく寄り固まってるって感じ。とはいえ就職先がないのも事実ですからねえ」

へーそーなのかなあ。噂《うわさ》には聞いていたけど今の二〇代ってそんな感じなのかなあ？

K先生の大学は芸術系の四年制大学で音楽部と美術学部があるのだそうだ。学生の七割は女子。地味なタイプの女の子が多く、コギャルみたいなのはいないけど、なんとなく行くところがなく大学に来たという感じでやる気がないと言う。

「K先生の授業でも生徒たちは騒ぐんですか？」

と私が質問すると、

「いや、ボクの授業は面白いですから。ボクは猛獣使《もうじゆうつか》いのつもりで授業をしています」

と言う。

「も、猛獣使い？」

「そうです。ボクは決して授業で生徒に媚《こ》びたり、熱血先生をやったりはしません。教師はサービス業であり、持てる知識を使って生徒を感動させるのが本業だと思っています」

K先生は映画を題材にして「現代社会の矛盾《むじゅん》」「男女間の不平等」「資本主義の構造」「人種差別の問題」などなど、映画の裏に潜《ひそ》む現代社会のシビアなテーマを分析しているのだそうだ。そうすると生徒によっては「何も知らずに映画を楽しめていた頃に戻りたい」「知りたくない事を知ってしまった、苦しい」

というような感想を漏《も》らすそうである。

「でもいいのです。ボクは若い時にちゃんと絶望しなければ世の中のことを理解できないと思っています。だから生徒を思想によって谷に突き落とすんです」

なんだか面白い人だなあ、と思った。

でもK先生の言っていることって正しいように思った。授業とは「知恵によって生徒を圧倒すること」であってほしい。大学で教えるなら「知識」で生徒にいどむべきである。

でも、じゃあ専門知識のない私はいったい明日、何でいどめばいいんだろう？

その夜、（明日どんな話をしたらいいかなあ）と考えながら眠りについたら、夢を見た。

K先生と私はどこか荒涼《こうりょう》とした原野に立っている。私が道案内をして歩いている。あたりはひゅうひゅうと渇《かわ》いた風が吹き抜ける冬の荒野だ。

「確か、このあたりだったんだけどなあ」

と私はかつて建物があった場所を探している。K先生も無言でついて来る。小さな湿地帯があり、そこに瓦礫《がれき》が置いてある。「あ、ここかもしれない」と私はその瓦礫の山を指さす。

「取り除いてみましょう」とK先生が言い、瓦礫をポイポイと脇《わき》に放り投げる。すると瓦礫の下の湿地に一匹の衰弱《すいじゃく》した子亀《こがめ》が現れるのだ。「子亀だ、まだいたんだ」と私はかけ寄る。子亀は今にも死にそうになりながら瓦礫の下で生き続けていた。

目を覚ましたら明け方五時だった。ドキドキした。亀は私の夢の中である意味を象徴してよく現れる。

それは「亀はのろい」。

つまり私にとって「亀は呪《のろ》い」である場合が多い。

どうやら今だに解放できない「呪い」のカケラが私の心の中にはあるのだと思った。青春時代の瓦礫の下に。

高校を卒業してから二三歳までの五年間は、私にとって最も混迷《こんめい》して、最も長く、最も屈折していて、そして最も印象深く、最も苦しく楽しかった五年間だった。そういうのを青春時代と言うのかな。なんにしても二度と戻りたくないのに、ものすごく懐《なつ》かしい。

自分の十八歳から二三歳について話してみよう。漠然《ばくぜん》とそう思った。もし、時代が変わっても人の心に共通点があるなら、今二〇歳前後の生徒たちにも私と共通する思いがあるかもしれない。

そういえば、私は青春時代について人に語った事はあまりない。聞いてもつまらないだろうと思っていた。だって私が他人の青春の苦労話を聞くのが好きじゃないから。

一月一三日、研究室に行くと、K先生はまたしても私を脅《おど》かす。

「本当に生徒はわがままで、人の話を聞きませんから、ボクの方がうまく誘導《ゆうどう》しますんで……」

K先生は、もし生徒が私に失礼な態度をとったら申し訳ないとすごく気にしている。

「大丈夫ですよ、私は他人に無視されてもあまり気にならない方なんです。逆に、学生さんから無視された時、自分にどんな感情がわき起こるのか、それを見てみたいですねえ、楽しみです」

ほんとにそう思った。そうしたら学級崩壊を経験した教師の気持ちがちょこっとだけ分かるかもしれないなあ、なんて思った。

教室に入っていくと、生徒さんたちはもうそろって席に着いていた。

五〇人～六〇人くらいいたかな。私は教壇《きょうだん》に立つのが嫌だったので、教卓の前に椅《い》子《す》を出してそこに座った。みんなに見下ろされる格好になる。

学生たちを見て「わあっ」って感じたのは、お花畑みたいなインパクトだった。若い子ってそこにいるだけでパッションなんだって思った。私はふだんはオジサンを相手にしゃべる事が多いのだけど、オジサンはいるだけで空気が淀《よど》んでるのに、二〇歳前後の子たちの周りの空気は透明でキラキラしていた。

きっとキルリアン写真で見たら、彼らのエネルギーはビンビン輝《かがや》いて放出されてるんだろうなあと思った。存在してるだけで輝いてるのに、なんで元気がないなんて思われてるんだろうって不思議だった。

「こんにちは」と頭を下げて、自己紹介をした。ありきたりな事だ。

子供がいて主婦をやって、その合間にインターネットをしてて、それで本を書いている事。そしたらK先生が「ランディさんの十八歳の頃はどんなことを考えていたんですか？」って話を振ってくれた。

「私の十八歳の頃は、なぜ自分が自己表現できないのか、そのことをずっと苦しんでいました」

そういう言葉がなんとなく口から出てきた。

そうだったのだ。私は自分が演劇や映画、そういう文化的な事に関わりたいと思いながら、いつもその周辺をウロウロしていた。ミーハーで無能な少女、口ばっかりの頭でっかち女、それが私だった。

自分では何もできず、果敢《かかん》に自己を表現している男の人たちの側にいて、それを手伝うことでかろうじて自分を満足させてた。

だけど、いつも思っていた。なぜ自分には「表現したい」という衝動《しょうどう》が噴出《ふんしゅつ》してこないのか。こんなにも表現したいと願っているのに、表現がわき上がってこないのか。突き動かされるような衝動が起こらないのか。人の後ばかり歩いているのか、なぜこんなに自信がないのか、なぜ何をしたいのかわからないのか……。

非常に長い、個人的な話だったのに、話の途中で席を立つ人も、携帯を鳴らす人も、無駄話《むだばなし》をする人も、一人もいなかった。とてつもなく真剣に話を聞いてもらった。申し訳ないくらいだ。こんな私の話を何だってみんな頷《うなず》きながら聞いてくれるんだろうって泣けてきた。

話を終えて感じたのは深い優しさと共感だった。これまで私の青春なんかに誰ひとり共感してくれる人はいないと思ってた。だけれども、目の前にいる私の事を知りもしない子たちが、人生でもっとも劣等生だった頃の私を受け止めてくれてたのだ。若い子たちの感応力の凄《すご》さに圧倒された。彼らは他人の話に深く共鳴できる感度のいい心をもっている。共鳴する力をもっているのだ。たぶんそれが若い精神の力なんだろう。

それにしても……。誰かに黙って自分の話に共感してもらうことの、なんという癒《いや》し。びっくりした。ここに座って、励まされたのは私の方だ。彼らは私のカウンセラーに等しい。長いこと自分の心の中にわだかまっていたコンプレックスを、彼らにぶちまけ、そして吸い取ってもらったような気がする。

私はもうあっけにとられて、そして何度も力説してしまった。「みんなは、大人の世代にはない力をもってる。それは感応する力だ。豊かな時代に生まれた世代にのみ与えられるすごい能力だ。森羅万象《しんらばんしょう》に自分の心を共鳴させることのできる力です」

そうだ。食うに困らない戦争のない国に生まれたことで得られる能力だ。闘いの多い時代には他人に感応していたら殺されてしまうもの。

「でも、世界にはあまりにも悲惨《ひさん》な事が多いからその力にブラインドを降ろしてるのかもしれない。だから無感動だと言われてしまうのかもしれない。本当は感応力がずば抜けているから自分を守るために感じないようにさせてるだけなんだと思うよ」

言葉を受け取ると教室の空気がぱーんって張りつめてブルブル震《ふる》える感じがする。彼らが言葉に呼応するとそうなる。彼らがうれしいとき空気が花開くようにはころぶ。いろんな変化が一瞬《いっしゅん》に起こる。二〇歳ってこうなのか～と、もう若くもない私は感激しながらその空気を味わった。


米国では受刑者が学校を講演して歩いて、ドラッグや暴力の恐ろしさを体験を元に語るプロジェクトがあるという。当初それは青少年の非行防止のために企画された。ところが不思議な結果が出た。癒されるのは実は受刑者の方なのだ。若者に語った受刑者はみな非常に高い割合で更生《こうせい》していく。子供たちの魂は語る者を癒す力を持っているらしい。たぶん彼らは「罪」を犯したという過去に囚《とら》われず、純粋に目の前にいる「人間」に共鳴するんだろう。

若い人がもっている能力について、誰が真剣に考えているんだろう。

子供たちはもっと社会に参加できるはずだし、この世界に貢献《こうけん》できるはずなのに。

その力を大人は認めていない。悲しいことだ。

あの感応力、受容力、純粋さ、ほとばしるようなエネルギーや優しさ。それはもしかしたら今、もっとも必要とされている力。すべての心傷ついた人が求めている力ではないのか。

彼らは感応することができる。話を聞き、感じ、そのつらさに共鳴し、そして無言で勇気づけることができる。それなのにひどく誤解されている。

なぜかこの凄《すご》い能力に、大人もそして彼ら自身も気がついていないみたいだ。

私は父性を持ちたい

二歳八ヵ月になる娘がテレビアニメを観《み》るので、必然的にいっしょに観てしまう。最近になって「ドラえもん」をしみじみと観て、憤慨《ふんがい》してしまった。

私は子供の時代に「ドラえもん」を観ないで育った。小学校一年の頃から少女マンガフリークだった私は「ドラえもん」を男の子のマンガとして認識し、ちょっとバカにしていたのだ。

愛も恋もテーマにならないマンガに興味がなかった。やっぱり舞台はアメリカで、金髪の女の子が主人公じゃなくちゃダメよ、と思っていた。

だから、「ドラえもん」のおおよその筋書きは知っているものの、その内容をきちんと理解していなかったのだ。

ドラえもんは未来からやって来たネコ型ロボットで、のび太君のお家《うち》に住んでいる。

四次元ポケットなるポケットから次々と未来の道具を取りだして、のび太君の願いをかなえてくれる、というのがドラマの設定である。

この「ドラえもん」を子供と観ていてびっくりしたのは、ドラえもんの並外れた母性である。ドラマの中でドラえもんの役割は主にのび太君の乳母《うば》である。ドラえもんっていうからオスだと思うのだけど、やっているのは母親の代理。それも超甘やかし、過保護《かほご》の乳母だ。

なにしろ、のび太君が多少悪い事をしても（たとえばドラえもんに来た手紙を勝手に開けて、ダイレクトメールで品物を未来デパートに注文したりしても）ドラえもんは怒らないのだ。

「しょうがないなあ、のび太君は……」

と言って許してくれる。そして、のび太君がしでかしたトラブルは全部ドラえもんが肩代わりして解決してくれる。のび太君は「ねえ、ドラえもん助けてよお」と甘えていればいいのである。

私はあきれ果てて娘に怒鳴《どな》った。

「あなたね、どんなに心が優しかろうと、こんな甘えた男を亭主にしちゃ絶対にダメだからね」

もちろん娘はきょとんとしておった。それにしても、この母性賛歌《ぼせいさんか》のアニメを三〇年にわたって子供たちが観てきたのかあ、と思うとなんだか呆然《ぼうぜん》となった。うーんさすがに母性原理社会の日本のアニメだなあ、と感心すらしてしまったのだ。

私はドラえもんを観ていると、だんだん腹が立ってくる。テレビを観ながら文句を言っているので、

「おかあたん、怒っちゃダメだよ」

と娘に諭《さと》されている。

「お母さんがもしのび太君のお母さんだったら、絶対にこんなおせっかいロボットを居候《いそうろう》させたりしないわよ。これじゃあ子供がいつまでたっても自立できないじゃないの。自分の力で何も出来ない子供になっちゃうじゃないの」

とはいえ娘は「ドラえもん」が大好きで「みんなみんなかなえてくれる」とテーマソングを元気に歌っているのである。

……という話を、先日会った友人にしたら、彼はしみじみとこう言った。

「日本には母性しかないからね〜」

ちなみに彼は高校で教師をしている。

「母性しかないの？　父性はどこに行ったの？」

「父性はないね。父性を出すとものすごくバッシングされるから。学校でもそうなんだよ。学校というシステムですら、問題にはすべて母性で対応しろと言われる。学校だけじゃない。日本の行政も、マスコミも、みんな母性しか出してないんじゃない？だから今の子供たちは父性を経験していないから、父性に対して過剰反応《かじょうはんのう》するんだよね。父性経験がないから父性的に対応されるとパニックを起こしてすぐキレる」

学校というのは秩序《ちつじょ》でもって父性的に運営されるべきなのだけど、その学校にも「母性」ばかりが要求される、と彼は語る。

「何かを切ろうとすると、一斉に非難《ひなん》されちゃうわけよ。愛で包み込むのが好きなんだよ。そうすれば物事はうまくいくと思っている。父性を出すと攻撃されちゃうから教育現場はすごく厳《きび》しい状況だよ」

そういえば、最近「オバさん風のオジさん」は多いけど、本当の「オジさん」を見ないなあ……と私は思う。

「なるほど、面白いねえ。じゃあちなみにあなたの言う父性と母性ってのはどう違うものなの？」

するとと彼は自分なりの父性観と母性観について語ってくれた。

それによると、母性とはそのものズバリ、ドラえもんである。すべてを許してしまう。包み込んでしまう。際限《さいげん》なく愛情を注いでしまう。際限がないから溺《おぼ》れさせもする。溺れるほどの無尽蔵《むじんぞう》さが母性である。無尽蔵に愛情を注げばいつか物事が好転する……と考えるのが母性的な対応だそうだ。

父性とは、その無尽蔵に秩序を与えて切る力だ、と彼は言う。なるほどと思う。「これ以上はダメ。悪いものは悪い。ここから先は許さない」そういう断罪する力であり、ルールであり、秩序をもって事に当たるのは父性らしい。

「今の学校はね、何かを決定する時にも母性的なオブラートに包んで表現しないとPTAに受け入れられないいんだよ」

どうも、ここ三〇年ほど子供たちは四次元ポケットを持った社会に育てられてきたらしい。なんでもかんでも与えてくれる。悪い事をしても子供だから許してくれる。理解しようとしてくれる。困った時は助けてくれる。子供たちっていうよりも、私も含めた大人もみんな、社会的母性に育てられてきたのかもしれない。母性は平均化するのが苦手だ。ある部分には注ぎ込みすぎ、ある部分では全く発揮《はっき》されなかったりする。あまり合理的でない。合理主義は母性と反するからだ。だから、実はかなり不平等である。

私はずっと、いい社会、自由な社会は優しい社会だと思ってきた。人間に優しい社会。包み込んでくれる社会。秩序やルールはあっても、それに固執《こしつ》するべきではなく、柔軟で愛を尊《とうと》ぶ社会がいい社会だと思ってきた。それは今でもそう思っている。だけど……、無尽蔵な優しさはひずみを生みはしないか、とこの頃不安になる。

あっちにも、こっちにもいい顔をしようとすれば、国家財政は破綻《はたん》する。バランスのとれた社会というのは、父性が適度に働いている社会ではないのか、と彼と話をしていて思った。とはいえ、すっかり父性を見失っている私には、もう明確な父性のイメージが作れない。

母性はイメージできるが、父性へのイメージがとても貧困《ひんこん》だ。

父性と聞くとこの期に及んで「軍国主義」という言葉しか浮かんで来ないのだ。改めて自分の父性イメージの貧困さに愕然《がくぜん》としてしまった。

「ねえねえ、父性と聞いて何をイメージする？」

といろんな人に聞いてみたのだが、似たようなものだった。

石原慎太郎という答えが割と多かったのにも驚《おどろ》いた。

今や、日本の父性の象徴《しょうちょう》は東京都知事なのか。これはもしかして、東京都民が無自覚的に行政に父性を求めていたからなのか。だとすれば、都民はその感性で危機管理をしているとも言える。さすがコスモポリタン東京人だなあ、などと妙な事に感心してしまった。

神戸の連続児童殺傷事件の被告少年Aが逮捕《たいほ》された時、心理学者の斎藤学《さとる》さんが、朝日新聞にとても独自の意見を述べていた。

斎藤さんは少年Aの犯罪を「父性なきゆえの犯罪である」と主張したのである。そして、大胆《だいたん》にも「少年Aは警察に逮捕されてやっと心の安らぎを感じているのではないだろうか。なぜなら彼は初めて警察権力という父性と向きあえたのだから」と述べていた。

この斎藤さんの意見を読んだとき、私はとても強い衝撃《しょうげき》を受けた。なぜかというと、私自身のなかにも非常に根強く「父性と出会いたい」という欲求があり、それを克服するまでの間、心が荒れた時期を経験したからだ。

私の父は船乗りだったためにほとんど家にいなかった。父が不在の家庭は波風なく安らかだったが、なにかこうのっぺりとしていてとらえどころがなかった。私はいつも漠然《ばくぜん》と不安だった。

何をしても好き放題だった。ルールや秩序《ちつじょ》というものがなかった。母と私は父の送金でデレデレと暮らしていた。それは家庭というよりも下宿であり、お互いの未来像や展望《てんぼう》もなく、ただ平坦な日常だけがあった。父が戻って来ると波風が起こる。それは迷惑ではあったけれど、変化だった。父は男臭かった。強引だが「こうあるべき」という奇妙な価値観を持っていて、それを無理強いしてくる。私は父に反発することで家を捨てたのだと思う。

私は高校を卒業するとすぐ家を出て、その後、社会の中で苦労して、さんざん父性を経験したような気になっていた。けれども、今考えると私が経験したことはみんな、父性というよりも父性っぽい母性だったような気がする。

いろんな職場《しょくば》を転々としたが、その根底にあったのは母性だった。よほどひどい事をしない限り職場の上司は優しかった。甘やかしてくれた。個人責任を追及《ついきゅう》されることはなかった。だから二〇代の頃の人生観は「どうにかなるさ」であり「困った時はどっかから助けが来る」だった。

この人生観が悪いとは思っていない。楽天的に生きることができるのは素晴《すば》らしい。だけれども、私は許容力《きょようりょく》のない人間になっていたと思う。つまり、先の友人が言うように「父性的な匂《にお》い」に出会うと過剰《かじょう》な拒否反応を起こすのだ。

長いこと権力と呼ばれるものを毛嫌《けぎら》いしてきた。

政治嫌い、右翼《うよく》嫌い、神道嫌い、戒律《かいりつ》の厳《きび》しい事が嫌い、ルール嫌い、怒られるの嫌い、注意されるの嫌い、規律《きりつ》が嫌い、軍隊嫌い、国家嫌い、君が代嫌い、日の丸嫌い、独断嫌い、……である。

そして、これらのものを自分が嫌いな事に、明確な理由は全くなかった。ただ単に嫌いだったのである。なぜ嫌いかについて検証したことはなかった。意味なく嫌っていた。父性アレルギーだ。父性を行使する人と出会うと「嫌な奴《やつ》」と思った。

偉そうに……と。

この父性アレルギーはとても長い事、私の物を見る目というものを曇《くも》らせていた。意味もなく毛嫌いするものがある限り、自分は偏《かたよ》っていると考えるべきだ。今ではそう思う。

のっぺりとした父性なき日常を生きていた時、私はとても苛立《いらだ》っていた。あの苛立ちはなんだったのだろうと思う。自我が確立しようとする時に、人は対決する相手が必要だ。それは母性ではない。母性は無尽蔵《むじんぞう》に与えてくるから対決にはならない。

自分が自分であること、それは自分以外が他であることを感じることだ。自我が形成されるとき、自我は自らを浮き上がらせるために「明確な他」が必要となる。それこそが父性なのではないかと思う。父性は秩序、ルール、規律、道徳、思想、あらゆる局面で自我とぶつかり、ぶつかることによって自我は自分を確認する。

それがない時、自我はどうするのだろう。たぶん、自分の中に妄想《もうそう》の秩序を組み立て、その秩序の中で自分を確認しようとするのではないだろうか。少年Aのバモイドオキ神のように。

このコラムを発表したとたんに、たくさんの批判のメールが来た。

「いまさら軍国主義の世の中を誰が望んでいるものか」「みんなの事を考える優しい社会こそが未来に望ましい社会であるはず」「ドラえもんは子供たちの夢です」「あなたはドラえもんを誤解している」「過去に逆戻りの発想だ」

かつて軍国主義日本が戦争をした事は、長いこと私にとってのアレルギーだった。戦争にまつわることはすべて悪い事であると信じていて、それを再検討しようと思わなかった。全部捨てた。きれいさっぱり。でもいま、捨ててしまったものの大きさを感じている。

十分な知性と感受性さえあれば、私はどんな過去からも学ぶものがあり、それは決して危険ではないと確信する。

もっと父性を持ちたいと思う。

はたして私は、大人としてきちんと全体のために何かを切り捨て、厳《きび》しい選択ができるだろうか。たとえ非難されても大のために小を犠牲《ぎせい》にするような決断ができるだろうか。自分の感情を殺しても合理を行使できるだろうか。冷徹《れいてつ》になれるだろうか。社会のために嫌な奴になれるだろうか。ドラえもんファンに非難されても、ドラえもんの教育方針はまずい、と言い続けることができるだろうか。

かつて自分が一番嫌いだった事を、できるようになるだろうか。

父性を持つ人間になること、これは私にとって人生最大の難関《なんかん》である。

人はなぜチャットにハマるのか？

中央公論新社にお勤めになっている知人のご厚意《こうい》で、毎号「婦人公論」という雑誌を送っていただいている。実は私はこの雑誌を、送っていただくようになるまで一度も読んだことがなかった。が、読んでみるとたいへん面白い雑誌であるのでびっくりしている。

後に聞いたことだけれど、作家の林真理子さんは婦人公論誌に自分の体験談を発表したのが、物書きとしてのデビューだったとか。読者の手記を掲載《けいさい》するのがこの雑誌の特徴らしい。よって、この雑誌には読者から寄せられた「ノンフィクション原稿」がたくさん掲載される。

そのノンフィクションが、実に生々しく新鮮なのである。

もう素晴《すば》らしい。世の中の人はこんな壮絶《そうぜつ》な経験をしながら生きているのか、と絶句《ぜっく》する。やっぱり事実は小説より奇なりなのね、と感心する。

先日も「離婚」についての特集が組まれていて、その中に「夫をパソコンに奪《うば》われた私」という内容の手記が掲載されていて、つい引き込まれるように読んでしまった。

この方のご亭主はパソコンを買ってインターネットを始めた。

そしてチャットにのめり込み、チャットを通じて知りあった仲間たちとメール交換とオフ会に明け暮れ家庭を全く顧《かえり》みない。

家庭の事には興味がなくなり、嵐で雷警報《けいほう》が出た日にも「俺のパソコンの電源を抜いてくれ」と電話をかけてくるけれど、子供の事も奥さんの事も心配するそぶりはない。

そして同じチャット仲間の人妻とオフ会で飲み歩いては、メールを交換してニヤニヤしているのだそうであり、もう奥さんとしては我慢《がまん》しかねる状況である……というのである。

パソコン通信の黎明期《れいめいき》からヴァーチャルの世界に生きてきた私としては耳が痛い。

私なんぞはさしずめ、この奥さんの天敵である。オフ会を開いては他人の亭主と深夜まで飲み歩き、メール交換して、誕生日にはよその亭主から山のようにプレゼントをもらったりしてきた。

相手の奥さんにとってはさぞかし「嫌な女」だった事だろうなあ、と思う。

今でも年に何回かはオフ会を開く。すると遠路はるばるとやって来る既婚者《きこんしゃ》も多く、多くの人は家族にウソをついてやって来る。他人の亭主専有率《せんゆうりつ》がけっこう高い私は、他人事《ひとごと》とは言え、この奥様にそこはかとなく申し訳なさを感じてしまうのだ。

さて、婦人公論に手記を発表した奥様は「いったい亭主はなんであんな、インターネットのチャットなんてものにハマるのだろうか？」と疑問を投げかける。あんなものは他人の寄せ集まり。お互いの本名すら知らない間柄。そんな浅薄なつきあいをやって、言葉だけでチヤホヤされて、そんなもんが人間関係と言えるのだろうか？　人間関係というのはもっと深いものではないか。

見ず知らずの他人と浅いつきあいをしてチャラチャラしていて、そんな事が家族より大切だという亭主の気がしれない……とまあ、こういう感じの事を述べていらっしゃるのだ。

かつてどっぷりとチャットというものにハマった経験のある私としては、つい「お答えしましょう！」という気分になった。

チャットというものは、実は誰もがいつでもやればハマる……というものでは絶対にない、と私は思っている。チャットには「ハマる時期」というのが個々にある。その時期にたまたまチャットを始めてしまうと、見事にハマるのだと思う。

では人がチャットにハマってしまうのは、どういう時か。

つたない私の経験からいくと「自分を変えたい」と思っている時だと思う。すべてがうまくいっているように見えても、転機《てんき》というのはやって来る。潜在的《せんざいてき》に変化を求めている時に、人はチャットにハマる。逆に言えば安定していて暇《ひま》な時である。今、激動《げきどう》の変化の真っ最中を生きている人はチャットなんぞにハマらないし、そんな時間もないだろう。

思うにこの奥さんのご亭主も、家庭も仕事もいわゆるひとつの「安定期」という、人生のナギに入ってしまった。だから、パソコンを買ってインターネットでも始めてみるかいのお、と思ったのだと思う。

変化を求める時に、人は否応《いやおう》なく他者を求める。逆に言えば、他者しか自分を変化に導《みちび》くものがないからだ。

精神世界系のサークルや、瞑想《めいそう》のサークルに参加すると、盛んに「宇宙との融合」「世界との一体感」や「オール・イズ・ワン」という言葉を聞く。

人間が個々の意識を越えて、この世界と一体感を感じる時、最高の幸福感を得ると説明される。私は「世界との一体感」を感じることは幸福だと思う。きっと幸福に違いない。

だけど、世界と一体になったままでは暮らしていけないと思う。なぜなら、世界と一体になってしまったら、自分の体と世界との境界があいまいになり、自分という存在が世界に溶け出してしまうからだ。

そうなった時、自分は「私」として存在しえなくなる。

私を私として成り立たせているのは、皮膚《ひふ》の内と外で生じる猛烈な「違和《いわ》」によってである。皮膚は世界の違和にさらされていて、それを常に刺激《しげき》として脳に送り、脳はそれをフィードバックしているから「私」という個体の存在を意識できる。

私が、私で在《あ》り続けることが可能なのは、この「違和」によって生じる刺激があるからなのだ。

他人と出会う事も、精神的な違和と出会うことだ。初対面の相手に出会う時、私たちは相手の反応を違和として感じ取り、視覚や言葉の刺激を脳に送り、脳はそれをフィードバックしてくる。

脳のフィードバックによって私は対応する。緊張《きんちょう》したり、笑顔を作ったり、無視したり。それに対してまた相手がフィードバックしてくる。それは刺激として私の脳に伝わる。

この永遠のフィードバックのくり返しこそ、人間関係の面白さであり醍醐味《だいごみ》だ。相手の反応によって「自分がどんな人間か」を知ることは、大きな喜びであるとともに、時として苦痛でもある。

でも、たとえ苦痛であったとしても、私は自分を知りたい。飽《あ》くことなく。知りたいのだ。

初めての相手、初めての国、初めての風景、初めての体験。それらすべては私という存在を強く意識させてくれる「違和」だ。そういう違和に出会う事によって、私はより強く「私」を確認する。

初めての外国に一人で行って、孤独を感じるのは、違和によって強く「私」という「個」を意識せざるをえないからだ。私を強く感じれば、自分は否応もなく他人と違うのだから孤独になる。

孤独とはまさに「私は私だ」と自分が強く「私」を他者と違うものとして認識した結果の、私であるがゆえの感情だ。

インターネットという世界で「他者」と出会う。これも刺激としては旅先で知らない人と出会うのとそう差はないように思う。

旅人は旅人同士と打ちとけやすい。旅人である……という同じ属性《ぞくせい》を持っているからね。ネットもネットという共通のフィールドに存在することで、ある種の仲間意識ができているから、他人と打ちとけるのが早い。

そこで行われるのは、連綿《れんめん》としたフィードバックである。相手に対してメールを送る。返事が来る。またメールを送る。返事が来る。このくり返しの中で、私は相手が自分の言葉にどう反応するかを確認していく。

こう言ったら、こう返ってきた。次はこう言ったら、今度はこう返ってきた。このフィードバックの中で、実は自分という存在を確認している。

私という存在は他者によって規定される。たとえば私を「美人だ」という他者が千人いたら、私は美人なのである。

冒頭《ぼうとう》の手記を書いた婦人のご亭主も、「○○さんって、優しくて素敵な人ですね」という人妻たちと出会うことによって、自己イメージを変えたのだ。

他人のフィードバック、しかも「好意的なフィードバック」は元気の素である。たくさんの「好意的なフィードバック」を受けることによって、新しくて素敵な自分を見つける事が出来る。それまで知らなかった自分、ナイスな自分だ。

人はそれに熱狂する。だって、うれしいもん。幸せだもん。もちろん逆の場合だってある。「悪意のフィードバック」、それだって存在する。でも、今回はこの「悪意のフィードバック」については述べない。「好意のフィードバック」でチャットにハマる……というのが今回のテーマだから。

変化を求めて新しい自分を探している時に、新しいフィードバックを与えてくれる人、しかも好意的なフィードバックをくれる人に人は熱狂する。私はそうだった。

そして、古いフィードバックをくり返す人、たとえば、昔からの友人、家族、配偶《はいぐう》者《しゃ》、などをちょっと疎《うと》ましく思う。

この人たちは新しい自分の魅力を見ようとしてくれない。

たとえば、私のチャットの友人に木村励《きむらはげむ》という人がいた。

彼はチャットでは「キムラレイ」と名乗っていた。チャット仲間から「レイ君」と呼ばれてとても幸せだった。なにしろ子供の頃「禿《は》げム、禿げム」とさんざんバカにされてきて自分の名前が嫌いだったからだ。

ところが彼の家族は、彼が「キムラレイ」と名乗っている事を知ると「ぎゃははははは、ハゲムがかっこつけてレイだってよ」と爆笑《ばくしょう》したのである。

このように、古いフィードバックをくり返す人は、新しい自分になる時にちょっと邪魔《じゃま》な存在なのだ。いいじゃんね、レイだって。往々にして、人は自分の身近な人間が変化するのを好まない。

相手が勝手に変わると、自分は取り残されたような気分になるからだ。

冒頭に登場した「チャットにハマったご亭主」も、自分がどんどん新しい自分を獲《かく》得《とく》していくのに、妻の対応はいつまでも昔のまま（当たり前であるが）なので、それが疎ましかったんだろうな、と私は推測する。

だけど、ここで問題なのは、そのせっかく手に入れた「新しい自分像」を、実は家族や職場などの古い環境の中では全くアピールしない、する努力もしない、という事なのである。

多くの場合、人はそれを「恥ずかしい」と感じる。なぜなら、いきなり新しい自分を見せたら、先の「キムラレイ」君のようにバカにされると思うからだ。

このご主人も、奥さんには新しい「優しくて素敵な自分」を全く見せていないのである（たぶん見せていないのだろう）。

私の知る「チャットにハマった多くの男女」は、新しい自分をフィードバックしてくれた女性（あるいは男性）と駆け落ちしたり、不倫したり、離婚して結婚したりした。俗に言うネット不倫ってやつである。古い自分を捨てて、新しい自分を見初めてくれた女性（あるいは男性）と逃げたのだ。新しい相手との新しい生活を始めたのである。それもいいだろう。それも人生だから。彼らのその後についてはよく知らない。でも人は変化する、新しいものを求め続けるなら永遠の孤独な旅人になるしかない。

私自身も、マンネリ化した生活の中で、ネット上の付き合いを通して新しい自分を発見した口である。新しい自分どころか、新しい職業まで発見してしまい、とうとうネットコラムニストなどと呼ばれるにいたっている。

さらに、私のペンネームである「田口ランディ」はもともとパソコン通信上のハンドルネームであり、以前の私を知る人が聞くと「なんでランディなの？」と目を丸くする（確かに変な名前だ）。

でも、人は突然「ランディ」にだって「ルーシー」にだって「ぴよちゃん」にだって「レイ君」にだってなれる可能性を持っているのである。

私の亭主も、いきなり自分の配偶者《はいぐうしゃ》が「ランディ」になった時は唖然《あぜん》としていた。

ある日、見知らぬ友人が三〇人も自宅に遊びに来て、彼らが自分の女房を「ランディ」と呼んだ時は、さすがに面食らったようだ。どうも、パソコン通信というものにハマっているらしいが「ここまで……」とは思ってなかったらしい。

私は新しい自分である「ランディ」になって、新しい変化の人生を生き始めた。その時に、古い自分を知る人を本当にうざったく思い、かつての自分を知る人と縁を切りたいという変な衝動《しょうどう》にかられたことを覚えている。

しかしながら、私の場合「田口ランディ」で本を書いてしまったので、「田口ランディ」を知る人の数が激増してしまい、そうなるとかつての知人も「この人って田口ランディなのね」と認識するしかしょうがなくなり、みな渋々と「ランディ」を認めてくれた。

その過程で痛感した事は、なんだ、人間ってのは案外と簡単に人の変化に慣れてしまうものなのだな、って事であった。

一〇人の人がいて、そのうち七人が私を「ランディ」と呼ぶと、最初に違和感を感じていた三人も、あっという間に「ランディ」に慣れてしまうのである。

最近は近所の奥さんまで「ランディ」と呼ぶ。よくそんな名前で呼べるなと私の方が感心するくらいである。

つまり、変化というのは最初の違和感を乗り越えてしまえば、その後は楽なのである。他人は自分が思っているよりも私というイメージにこだわっていない。私が「私はこう変わったのよ」と断言すれば、それなりに他者の中の自分というイメージは修正可能なのだ。

ネットという世界の中で獲得《かくとく》した「新しい自分」、でもそれすらも古い自分の延線上にある。分断することはできない。

ネットの中で生きている自分を、現実のなかにどう着地させるか……というのは、もしかしたらインターネットというヴァーチャルな世界で遊ぶ時、とても大きな課題かもしれないと思う。

いま、うちの亭主は私が「田口ランディ」じゃなかった時の事など忘れてしまったように、現在の私を受け入れているけれど、かつて結婚した当初の私は全く違った趣味と興味と職業と人間関係を生きていた。

それでも、私は私なのだ。本質は私であり、現在の私は過去の私の相似形《そうじけい》である。

チャットにハマっている……という、冒頭のご主人も、できれば現実の世界においても新しい自分を奥さんにプレゼンテーションしてほしいなあと思う。恥ずかしいのは最初だけである。

そうすれば夫婦関係も変わり、残りの人生を二人で楽しく過ごせるかもしれない。

木村励君のご家族も、今は彼を「レイ君」と呼ぶにいたったという。

彼は家族にとって「違和」になった。レイ君という存在は家族の一人ひとりが体験する新しい他者だ。変わろう。変わる人を受け入れよう。恥ずかしいのは最初だけだ。

それによって、家族も変わっていく。それぞれに、新しく。

インドでは修行者、日本では変人の謎

インドには行った事もないし、行きたいと思った事もなかった。

それなのに、人生で最も印象深い映画は「インド夜想曲《やそうきょく》」だったりする。アントニオ・タブッキの原作も、読んでると震《ふる》えがくるほど好きだ。それでも、現実のインドには全く興味がなかった。ランディさんなら、インドは何度も行ってるでしょう？　とよく言われるのだけれど、私は人が多くて汚い場所は苦手なのだ。

「来年、インドに行かない？」と電話をもらった。

彼女はこの年末で会社を退職してプー太郎になる予定だという。世界を旅したいと語る。手始めにインドだと言う。「一人で行けば？」と答えると「だってあんたといっしょだと変な体験ができそうだからさあ」とのこと。

「インドって興味ないんだよ」

「でもね、来年はすごいのよ。一二年に一度のお祭りがあるんだから」

なんでも、来年のインドは一二年に一度の大イベントがあるそうだ。

「聞いて驚《おどろ》くなよ、なんたってインド中の聖者が全部集まるのよ。聖者のウッド・ストックよ。二万人の聖者がテント生活しながらお互いに情報交換するのよ、そこにさらに一〇万人の聖者の信者が集まってくる。そしてみんなでガンジス川で沐浴《もくよく》するのよ」

一二万人のインド人に踏《ふ》みつけられている自分が目に浮かんだ。

そんなところに行ったら絶対に生きて帰って来られないような気がした。

「聖者って、サイババとか、アマチみたいな人のことなの？」

私が質問すると、彼女は「ふふん」（そんな事も知らんのかい）と鼻を鳴らした。

「インドには聖者の修行をしている人々がたくさんいるのよ。彼らはそれぞれの方法で何十年も修行生活をしているの。サイババやアマチは世界的に有名だけど、もっとローカルな聖者もいっぱいいる。たとえば、山奥に一人で籠《こも》って何十年も瞑想《めいそう》している聖者とか、逆立ちしたまま歩く修行をしている聖者とか、木に髪を結わえつけてぶら下がる修行をしている聖者とか、歌って巡業《じゅんぎょう》して歩く聖者とか、カウンセリングみたいな事をしている聖者とか……いろいろなのよ」

「それってただの変人のおっさんじゃないの。どうやって食ってるの？」

「供物《そなえもの》で食べているのよ。聖者はインド人には尊敬《そんけい》されているの」

「ふうん」

「子供が聖者の修行をしたいと言うと、親たちは喜ぶのよ。反対はしない。で、少年の頃から聖者に弟子入りして修行を始めたりするの」

「禅寺《ぜんでら》みたいだね」

「禅寺って隔離されていて戒律《かいりつ》が厳《きび》しいでしょ？　インドの修行者はもっと自由で、もっとオリジナルなのよ。自分の好みに合った師を選んで、自分の好きな方法で修行していいの」

　服装も格好も実にさまざまなのだそうだ。髪を伸ばして身体《からだ》に灰をぬりたくる修行者もいれば、色鮮やかな衣を着ている修行者もいる。とにかく、そのような聖者たちが、一二年に一度、山から出てきて集うのが来年なのだそうだ。確かに、それは壮観《そうかん》だろう。

　インドでは修行するという事がとてもポピュラーな事なのだなあと思った。

　日本ではそんな事をする人は「奇人変人」と呼ばれる。以前にテレビ番組で「奇人変人大集合」みたいな特集をやっていて、インドの修行者並みの人々が登場していた。

たとえば「竹馬に乗って生活している男」。彼は竹馬で南アルプスに登っていた。なんで竹馬で？　と思うが理由はないのだろう。

「一〇円ラーメンを作り続ける男」。アルバイトして借金をこさえてもなお一〇円のラーメンを赤字覚悟で作り続けているおじさんだ。

「逆さまに歩く男」。常に後ろ向きに歩いている男の人。「リヤカーで旅行する男」。ただひたすらリヤカーを引いて世界を旅行している男の人。「ホラ貝を吹く男」。ホラ貝に全人生をかけてホラ貝を吹きながら全国を渡り歩いている男。

いったいこれらの人々がなぜそのような事を命がけでやっているのか私にはよくわからない。でもきっと、日本では奇人変人だがインドに行けばりっぱな聖者ではないかと思うのである。そして多くの信者が彼らに供物や寄付を与え、その修行を支援《しえん》するのだろう。

だけど、彼らは残念な事に日本に生まれてしまった。

よって「キワモノ」扱いされ、その活動はあまり理解されず、生活するのも大変そうだ。なによりも、彼らの社会的地位の低さが悲しい。インドなら尊敬《そんけい》される聖者なのに、日本では「変なおじさん」なのである。なぜ、日本では「生産性の低いことをする人を評価しない」という価値観が根付いてしまったのだろう。

「どうして竹馬に乗って山に登りたいのか？」という質問は、その答えがどんなに饒《じょう》舌《ぜつ》であってもはぐらかされたような気分になるのではないかと思う。答えはないのだ。

「どうして竹馬に乗って山に登りたいのか？」それはたぶん「やってみようと思ってしまったから」であり、それ以上でもそれ以下でもない。

「やってみたら、けっこうできるではないか」という気持ちが次へ次へと向かわせる。やってみたら、ほほう、なかなか面白いではないか、という意外性が、自分をかり立てていく。奇《き》抜《ばつ》な行為というのは経験して初めてわかる事がたくさんある。だから面白い。自分の価値観や思い込みが裏切られていく、それが楽しい。

だけど、これはトライした人間だけが味わえる面白さであって、何もせずに端《はし》から眺《なが》めている人間にはちっともわからない。「あんな事して、何が面白いのかしら」。公園で子供を遊ばせているお母さんが、子供たちの遊びを見てよく言うセリフだ。それはやってみればわかるのだ。やる前からわかった気になっている限り、意外性を体験することはできない。

修行というのは、「自分を痛めつける退屈な行為」というイメージがつきまとうけど、実はそんな事はなくて「意外性を発見するための非日常的な行為」なのではないかと思うのだ。

それを暗黙《あんもく》のうちに感じとっている人が多いから、修行は一部の人にとってはトレンディだったりする。

私の友人にも修行に積極的な人は多い。瀧《たき》に打たれたり、座禅《ざぜん》を組んだり、断食したり……。こういう定食修行に挑む人は、職業をもっていて社会生活をきちんとしている。人生を踏み外すような危ない修行はしない。だから修行にオリジナリティが生まれないのだ。

しかし、一般人にとって「瀧に打たれる体験」はどんなにオリジナリティがなくても意外性の連続である。

「瀧に打たれると冷たさを感じないのよ！」

生まれて初めて瀧に打たれた女性はそう言って三〇人の友人に電話をかけまくっていた。

私は文章を書いて食っている。この仕事はかろうじて社会的に認知されているけれど、やっている事に生産性はほとんどない。よって読者からの施《ほどこ》しを受けて生きているようなものである。

自分がそういう「河原乞食《かわらこじき》」なので、私は修行に生きる人に対してあまり違和感をもっていない。そのような人がいたら訪ねて話を聞かせてもらい酒の一本も進呈したい、米の一キロも差し上げたいと思う。現金がよいと言うなら現金でお渡しする。

修行に生きる、いいねえ！　と思う。

が、本当に残念な事に日本においては修行者は市民権がない。修行僧というのけいらっしゃるけど、もっとユニークに独自に修行を続けて聖者を目指す「修行者」を見ない（いたらごめんなさい）。いればどんなに楽しいかねえ。

だから修行したい人は、新興宗教《しんこうしゅうきょう》に入るしかないのかもしれない。

そして自分の修行の成果を宗教の力と錯覚《さっかく》してしまう。ああもったいない。物事というのは一心不乱に続けていれば、何か起こる。そうに決まっている。たとえば、一年間、寝食も忘れるほどに一心不乱に執筆に専念したら私は変わるに決まっている。そんなこたあまだ試した事がないが、やったことがないことをやれば、それだけで人は変わるのだ。

当たり前の事である。オウム真理教の信者でなくても、一心不乱に何かしら一つのことを続ければ、通常の人生とは違う境地に達するに決まっている。人間には誰にでも平等に「意外性」を生きる道が開かれているものだ。

それをやってみるかやってみないかの違いしかない。人生は些細《ささい》な事を無視して大きく見れば、わりあい平等にできている。

たった一人、聖者を目指し、代々木公園あたりで修行を始める人がいたら、私はその人の信者になるかもしれない。日本最初のインド風修行者だ。もしかしてすでにいるのかもしれないが私は知らない。

ホームレスも、自らを「修行者」と名乗ってみたらどうなるだろう。

彼らが毎日定刻に瞑想《めいそう》などしていたら、社会に与えるインパクトは違うだろうなあと思う。野宿というのもひとつの修行には違いないような気がする。あとはモチベーションの問題だ。

日本にも一〇万人くらいの修行者が現れて、あちこちで勝手に修行を始め、それを社会が受け入れ、人々の心の支えになったら、この国の風景も変わるような気がする。子供たちは異質を恐れなくなるだろう。施すことも施されることも等価交換であることを知るだろう。好きなように生きてもさして問題ない事を知るだろう。幸せの定義は多様であることを知るだろう。

奇抜《きばつ》な修行者と出会えたらいいのに。もっと。インドじゃなくこの国で。この町で。

人生を再編集する試み

「見えない学校」という講座にゲストとして招かれた。

主催しているのは、セルフラーニング研究所の平井雷太さんという方で、実は私は平井さんと七年ほど前、ディープ・エコロジーなる不思議な合宿でごいっしょしている。

「精神的なエコロジー運動」とでも言うのだろうか。この合宿ではマーガレット・バベルという女性がファシリテーターをつとめ、数多くの環境問題にかかわる方たちが参加していた。

平井さんはこの合宿に参加した中で、一人だけ常に流れに反抗していた人だった。

「俺は嫌だ。俺はそんな事やりたくない」そういう事をはっきりと言った。

それに対して多くの人が「それはあなたの心がまだ閉ざされているから」と諭《さと》していた。

「心を閉ざしているから自由になれない」という言い方を、自己開発セミナーとか精神世界系のセミナーに行くとよく言われるけれど、私はこの言い分があまり好きじゃない。閉ざそうが開こうがそんなことは各自の勝手だと思うからだ。

いま「この場に違和《いわ》感《かん》を感じる」というのは、とてもあたりまえの感情で、違和を感じることから人は自分を手に入れていく。それを「それはあなたの心が解放されていないから」などという理由で諭されても困る。そんなものは教えられてわかるものじゃないと思う。

とにかく、平井さんは目立っていた。

その平井さんを再び観《み》たのは数ヵ月前の「ニュース23」という番組の中でだった。平井さんの主宰する「すくーるらくだ」が大きく取り上げられていた。平井さんは出会った当時も独自の教育理論で塾を行っていたが、それはいま大きな成果を結ぼうとしているらしい。

「がんばってるんだなあ」とうれしくなった。

空間というのは特定の事象に着目すると皺《しわ》が寄るようにゆがむ。

テレビで平井さんを観た数週間後にはいろいろな偶然が重なって、私は平井さんと再会していたのだ。

「見えない学校」という講座は、当初、平井さんが松岡正剛さんの協力を得て始められたらしい。この学校の主旨《しゅし》は「編集を学ぶ」ということだった。編集と言っても、雑誌や書籍の編集とはちょっと違う。松岡正剛さんに言わせると「人間は編集する生き物」なのだそうである。

確かにそうだと思う。私たちの脳は物事を編集するように出来ている。自分という主観をもとにありとあらゆる出来事を編集し整理しながら日常を生きている。

たとえば「私の母は口うるさくてきれい好きの普通の主婦です」と母親を表現したとする。母親は一人の人間としてこの世に生を受け存在している。でもその母親を語る時、私は私の目で見た部分的な母を「私の母」として認識している。

つまり、私は母を、私の視点で編集して把握《はあく》しているのだ。母だけではなく、友達も、世界も、ありとあらゆることを私は編集している。

極端《きょくたん》なことを言えば、世界とは私の編集した一冊の雑誌のようなものである。

私は世界の編集者であり、私に都合のよいように世界は私によって編集されている。

「この、私は編集している、という認識が、教育にはとても大切なんですよ。教育はもっと編集するということを教えるべきだと思う」

と平井さんは言う。

私は数々の職業を転々として、最後に編集者になった。編集することを長く自分の仕事としてきたのだけれど、その時に感じたのは「なーんだ、どんな職業も基本は編集作業じゃん」ということだった。

結局、ホステスもＯＬも訪問販売員も保母も「編集能力」というものが問われる。この能力があるかないかで仕事の面白みが変わってしまう。

編集とはある方針もしくは視点にそって、物事全体を整理し取りまとめることである。たとえば「子供たちに人生の楽しみを教える」という編集テーマをもった保母さんなら、そのテーマにそって自分の仕事を編集し、最もテーマを強く訴求《そきゅう》できる方法を合理的に追求していく。

編集能力が足りないと、仕事は散漫《さんまん》でとりとめがなく、常に自分が何をしているのか把握できず、他人ばかりが気になり、細かい事にかかずらってしまって能率が悪い。目的が不明確なので達成感にとぼしく、よって仕事がつまらなくなる。

そして、大切なのは、

「これは絶対の真理ではなく、私が編集しているにすぎない」

という認識である。あらゆる人が自分の視点で編集作業をしているのであるから、常に私たちは本質ではなく「他者によって編集された世界」と接しているわけである。


自分が絶対だと思うことも、他者が絶対だと思うことも同じように意味がない。


「この子は行儀が悪くてバカだ」と親や先生が言ったとしても、それは親や先生によって編集されたその子の姿である。

「子供たちは、もっと自由に世界を編集していいのだ」

と平井さんは言う。自分の頭で世界を編集している。自分も他人から編集されている。そう思えば、人の言うことなど気にならない、と平井さんは断言するのだ。


私がこうしてコラムを書くということも、きっと編集作業なのだろうな、と思った。世界の断面を私なりの視点で編集したものが、このコラムである。よってこの本は私に編み集められた世界だ。そう考えると面白い、とっても自由だ。

今から一〇年ほど前のある朝、私は会社に向かうために朝の靖国《やすくに》通りを歩いていた。気持ちのよい朝だった。空が高く青く、風は暖かかった。ウォークマンでブラームスの交響曲を聞いていた。

その時突然、まるで天啓のように、

「家族の誰ひとり私の不幸を望んではいない」

と思った。あまりに突然にそのことが閃《ひらめ》いたので、びっくりしてしまった。

当時、私の家族は兄の起こした交通事故と父の椎間板《ついかんばん》ヘルニアのためにぐちゃぐちゃの状態だった。母親はノイローゼ寸前、父は思い通りにならないストレスを酒でまぎらわし、そこにもってきて兄の事故のために多額の借金の取り立てが来ていた。

私はこの家族にほとほと愛想《あいそ》をつかしていて、家族なんていない方がよほどマシだと思っていた。私の人生だけが順風満帆《じゅんぷうまんぱん》で、私には家族が重荷だった。なぜ彼らはこんなに自分の邪魔《じゃま》ばかりするのだろうと思っていた。

ところが、その朝いきなり「家族はみんな私のことが好きだ」ということが閃いてしまったのである。実際に私の家族は奇妙な家族だったが、みんな私のことが好きだった。彼らは自分の人生に翻弄《ほんろう》されていたけれど、私の不幸を願う人たちではなかった。

だけれども、私は「家族は私の邪魔ばかりする」というテーマで自分の人生を編集していたのだ。

ところが、その朝はいきなり新しい編集方針が天から下って来て、「家族はみんな私を好きだ」という目で世界が強引に再編集されてしまったのである。

すると、長いこと編集からはずされてきた「新しい事実」が、まるで津波のようにそれまでの「事実」をこそぎ落として行ってしまった。一瞬の出来事だった。「憎しみ」が「愛」によって編集され直すと、どれほどの事実を見落としていたかがよくわかる。

私は疑り深い人間なので、多くの場合、他者の愛情をいつも疑っている。疑惑《ぎわく》の編集をくり返している。この人は親切だけど口だけではないか、とか、この人は本当は私のことなんてどうでもいいのだ、とか。そんなふうに編集している。

ところが、まったく突然に、その「疑惑」が「愛」によって編集され直すときがある。なぜ、そんなことが起こるのかよくわからない。奇跡のようだと思う。

それはある朝、突然起こる。

その時に「なぜこんなにも人を疑っていたのか」と愕然《がくぜん》とする。

この人が私を好きなのは一目瞭然《いちもくりょうぜん》ではないか。これほどたくさんの「愛情」のメッセージを受け取りながら、なぜ私は「疑惑」の編集をし続けてきたのかと唖然《あぜん》としてしまう。

もちろん、それすらも「愛による編集」であることに変わりはない。「疑惑による編集」も「愛による編集」も、編集しているのは私であり、どちらも真実であり真実でない。

私は、基本的に「疑惑の編集」が身についている。他の人はどうか知らないが、私は「愛する」より先に「疑う」人だ。そのように自分がプログラムされていると感じる。哀《かな》しいけれど、これが私だからしょうがない。

それでも、「疑惑」も編集に過ぎないことを知っている。そして「愛」も編集に過ぎないことを知っている。ただ、どちらが生きていて気持ちがいいかと聞かれたら、それは「愛」によって編集された世界だ。

見ようによっては人の顔にも見えるし、壺《つぼ》にも見えるようなだまし絵があるけれど、私にとって愛と疑惑はあのだまし絵のようなものだ。

愛を見ていると疑惑が認識できない。疑惑を見ていると愛が認識できない。

でも、一つの平面に両方が存在するのを知っている。人間は一度に二つのものに焦点を当てることができない。その程度の認識力しかもっていないのだ。

でも私は、一つの平面上にいくつもの認識の可能性があるのを知っている。

知っていることが、救いだ。

逆転の可能性を私は知っている。

今日、憎んだ人も、明日は好きになっているかもしれない。そのような事が簡単に起こり得る。もちろんその逆も。すべては私の中で編集によって起こること。

世界がいきなり再編集されてしまう体験をくり返しているうちに、私はそれを「書くこと」によって意図的にできないだろうかと思い始めた。そして、書き始めた。意識的に世界を別の視点で編集しなおしてみようと。

たぶん、それが私が書き始めた根本の理由だったように思う。

私は自分の世界を愛によって再編集したいと望んでいる。だから書いている。実際にはいつも、疑っているから。

悲しみのための装置

「ランディさ、ああいう事はあまり書かない方がいいよ」

電話で友達から助言された。

「ああいう事」というのは「どういう事」だかすぐにはわからなかった。最近、そんなヤバい事を書いたつもりはないのだが。

「ほら、平和イベントが嫌いだって書いていたじゃない。みんなで平和を祈るなんてアホらしいって。あれはまずいよ、印象よくないんじゃない？」

ああ、確かにあるサイトでそのような事を書いた。

「印象って、私の印象？」

「そうだよ。あんまり悪いイメージを与える事は書かない方がいいんじゃないの？人気商売なんだから」

そう言われて、ものすごくびっくりした。そんな事を考えながら何かを書いた事は一度もなかった。印象を気にして書いていたら、私は一字も書けなくなってしまうかもしれない。

誰かが自分をどう思うか。それについて悩み出したら、不特定多数の人に向けて意見を発表するのが本当につらくなるように思う。だから私は適当に鈍感なのかもしれない。

正直に言おう。私は「平和の祭典」とか「愛と平和の集い」とか、そういう「不特定多数の人といっしょに祈る」というイベントがとてもとても苦手である。そのイベント自体をアホらしいと思っているのでは決してない。そういう場所に参加した時の自分がすごく偽善的《ぎぜんてき》で自分で自分にアホらしさを感じてしまうのだ。

本当は、他の人といっしょに心から平和を祈ったり、愛のために祈ったりしたいのである。だけど私にはそれができない。居心地が悪くてたまらない。そういう自分に対して小さな罪悪感を感じた時期もあった。

なんで私は素直に平和のために人といっしょに協力して祈れないんだろう。なんでこんなに居心地が悪くひねくれているのだろう……と。素直な心になれないのは私の育ちが悪くて、人に心を閉ざしているからだろうか……などなど。

そして「なぜ平和イベントが苦手なのか」について、ずっと自分なりに悩んできたように思う。

「アウシュビッツの映像や、戦争の悲惨《ひさん》な映像を見てしまうとショックを受けて食欲不振になったり寝込んだりしてしまうことがあった」

私の知りあいの女性の何人かは、こういう事を言う。どうも稀《まれ》にそのような人がいるらしい。彼女たちは思春期の頃から、虐殺《ぎゃくさつ》などの悲惨な映像を見るとパニック状態になるという。そして、被災者《ひさいしゃ》の気持ちに自分の身体が共鳴するように反応してしまって、抑鬱状態《よくうつじょうたい》になるというのだ。

つい先日も友人の渡辺満喜子《わたなべまきこ》さんと電話で話していてこの話題になった。彼女は中学生の時に『夜と霧《きり》』に掲載されていたアウシュビッツの写真を観《み》て三日ほど熱を出して寝込んだと言っていた。ずいぶんと大人になるまで、大惨事《だいさんじ》、戦争、虐殺、殺人などの映像、ニュースを観るだけで、精神状態が不安定になり具合が悪くなっていたそうだ。

もちろん、そのような映像は誰にとってもつらいものだ。だが、彼女の場合、そのつらさの度合いが人よりも大きい。映像が何日も自分の気分を支配し、体調が悪くなり、ざわざわとした黒い圧迫感が胸から去らない。言い知れぬ恐怖と、嫌悪《けんお》と、憎しみが、暗い穴から飛び立つこうもりみたいにわき上がって来るんだそうだ。

「今はどうなんですか？　今でも気分が悪くなるんですか？」

「今は、悲しめるようになったわ」と彼女は答えた。

「それまでも悲しんだから辛《つら》くなってたわけでしょう？」

そうたずねると彼女はちょっと悩んでからこう言った。

「以前は、その悲惨を自分という個人で引き受けようとしていたの。だから具合が悪くなってしまったんだと思うのね」

あまりにも悲惨な事件、大量虐殺、残虐《ざんぎゃく》な犯罪、戦争、災害、そのような悲惨な出来事の被害者に対して、「私」という個人がその意味を全部引き受けようとしたなら、発病するしかないだろう、と彼女は言うのだ。それは個人が引き受けるには重すぎる事実である、と。

なぜこんなひどい事が起こってしまうのか。その意味を問うとき、自分に問うてしまったらもう人間を愛せなくなってしまう。それは自分の存在を否定し、人間を憎むことになる。でも、幼い頃は世界を自分の器で引き受けようとしてしまったから、だから自分に刃《やいば》が向いて、具合が悪くなってしまったのだ、と。

「じゃあ、今はどうやって悲惨を受け止めているんですか？」

私がしつこく質問すると、彼女はちょっと困ったみたいだった。

「これはとてもナイーブな話だから説明するのが難《むずか》しいのだけど、私はある時、悲しみと愛は同じ波動をもっている、と感じたの。突然に悲しみと愛は全く表裏一体だ、と感じたのね」

彼女はある時期、身体《からだ》を壊《こわ》し、病気から回復する過程で「人間の力の及ばないもうひとつの存在」つまり、私たちがふだん「神」と呼んでいるような存在を実感するにいたったのだと言う。ただ、彼女は信仰を持っていない。だからそれがどんな「神」なのかは彼女しか知らない。

もちろんそれを、妄想《もうそう》とも思い込みとも言うこともできる。でもとにかく彼女は「個を越えた存在」を実感し、それによって「深い悲しみは深い愛と同じ波動をもっている」ということを知ったのだと言う。

「深い悲しみは深い愛と同じ」という言葉は、宗教的な人たちから聞くことがある。だけれども、信仰をもたない私には、この言葉の凄《すご》さが実感としてまだよくわからない。言わんとしている意味はなんとなくわかる。だがそれは理解であって実感や納得ではないのだ。

「遠藤周作さんの小説に『沈黙』というのがあって、主人公が、神よなぜあなたはこんなひどい事をするのだ、そしてなぜ沈黙するのだ、と神に問いかけるのね。でも私は、悲しみと愛が同じ波動であることがその答えなのだと思った」

彼女は「憎しみは人を壊すけど、悲しみは人を壊さない」と断言する。

彼女は世界の悲惨の意味を自分の内に求めることを止《や》めた。それは個人が背負うには荷が重すぎるからだ。そして、個を越えたところにある、もうひとつの価値に自分をゆだねた時に、悲しみは愛だと知るのである。

「だから私はただ悲しむ。透明に悲しむようになった。悲しみを胸に抱いたまま、すうっと時を通過できるようになった。悲しみは私を壊さない。悲しみは憎しみを祈りに変える」

アイヌの女性、アシリ・レラさんにお会いした時に、彼女から、表現は全く違うけれど同じ意味だと感じられることを教わった。

アシリ・レラさんは生まれた時から「自分と神は対等に存在する」という、アイヌの教えの中で育ち、その教えを受けついだまま現代教育を受けた。彼女は法律知識も科学知識も持っており、本を書く言語能力もある。そして、それらの知識と「カムイ」は彼女の脳の中で共存できるのだ。

アシリ・レラさんもまた「個を越えたもうひとつの価値」を持っており、そこに自分を投げ出しゆだねる術を知っている。なぜ彼女が今もなお残るアイヌ民族迫害《はくがい》の現実を乗り越えて、この日本の、そして世界のすべての人の自由と平和のために行動できるのか、その理由はたぶん「悲惨な歴史を個人で引き受けない」からなのかもしれない。

それは責任転嫁《せきにんてんか》とか放棄《ほうき》とは全く違う。

人間的な感情という器には限りがある。

悲惨をリアルに受け止めてしまったら、人は発狂するしかないだろう。だから彼女たちは、器を捨てて、別の価値観、世界観に自分をゆだねるのだ。もしかしたら、神や宗教は、そのように人を解放する装置なのかもしれない。とはいえ、私はいまだにその「装置」の使い方がわからない。わからないので右往左往しながらそれを探しているとも言える。

私は悲惨な事件についてときどきコメントするが、そういう時、読者から、

「あなたも自分が被害者だったらそんなエラそうな事を言えないでしょう」

という厳《きび》しいご意見をもらう。それはたぶん、私が「悲惨」から距離を置きながら、でも渡辺満喜子さんやアシリ・レラさんたちのように「悲しみとして受け止める」にはいたっていないので、エラそうに見えるのだと思う。

いまだ、現世的価値観を生きる私は、どこかで「もうひとつの世界」の存在を感じながらそれを拒否している。悲惨な事件に遭遇《そうぐう》すると、それを個として引き受けてしまい、被害者の方に過剰共鳴《かじょうきょうめい》して復讐心《ふくしゅうしん》に燃えたりしてしまう。

そうならないために、一歩引くので、表現が中途半端《はんぱ》になるのだ。それが自分の限界である。事件から距離を置くことで冷静にはなれるが、うまく悲しめない。のめり込むと、悲しまずに怒ってしまう。この堂々めぐりだ。

「平和イベント」が苦手なのも、この宙ぶらりんな自分を嫌でも見てしまうからだと思う。自分のことを悲しむのすら苦手なのだ。ましてや人類の過去を悲しみ、未来を祈ることのなんという難しさ。残虐《ざんぎゃく》の歴史は確かに私が個の感情でになうには凄《すご》すぎる。だから私は自分の感情に合わせて事実を矮小化《わいしょうか》してしまうのだ。

個を越える装置をずっと探しているけれど、宗教にはすでにアレルギーがある。探して探して、今年は神社や、森や、アイヌ・コタンに行ったのだ。大地と太古の森のなかに何かがあるような気がして……。

だが、私は知識を持ちすぎた分だけ何かを見落としている。きっとまた、来年も、探索の旅が続くんだろう。

あとがき

十四歳の頃からずっと、なんだかうまく生きられないなあ、と思って悩んできた。こんなのって私だけなのかな、なんか自分としっくりこないなあ。どうしてだろう。どうやったら自分の気持ちに素直になれるのかな。自分がやりたいことにまっすぐ突き進めるのかな、人を恨んだり、やっかんだりしないで、ただ自分だけを見つめていけるのかな。

どうしたら傷ついたり、めげたりしないで、強く生きられるんだろう。

十七歳の頃の日記ノートには、くり返しくり返し、

「神様、私は強くなりたいのです」

と書いてある。自分の感情に翻弄《ほんろう》されないで生きていきたいと切望している。

自分らしく頑張《がんば》ろうとすると、頭をガンガン殴られた。「でしゃばってる」とか「目立ちたがり」とか「自意識過剰《じいしきかじよう》」って言われた。そう言われると自信がなくなった。自分なんて取るに足らない人間だって思った方が楽だと思った。でも、そう思う

と今度はさみしくて、誰かに「あんたが必要だ」って言って欲しくてたまらない。

あの頃から、もう二〇年が過ぎてしまった。

私は強くなったんだろうか。今は自分の感情をコントロールできる。苦もなく自己主張できる。他人の感情に巻き込まれることもない。やりたい事をやりたいと言い、できないことはできないと言い、欲しいものを欲しいと言う。好きな人には好きだと言い、嫌いなことはしない。

ずいぶんと楽になった。


でも、今だに私が表現の上で、こだわり続けているのは「思春期」である。あの時代に体験したこと、考えたこと、悩んだこと、それらにようやく答えを出すために、こうして書いている。言うなれば、思春期の宿題を必死で解いているような感じだ。

あの、思春期って時期は、人間の人生を退屈させないためにあるのかもしれない。

肉体と精神がいきなり変容する恐ろしい時期。子供だった体が生殖機能《せいしょくきのう》を整え、毛が生え、生理が始まり、発情し、男を求めるようになるあの、凄《すさ》まじい季節。たとえば思春期って、エラ呼吸をしていたおたまじゃくしが、肺呼吸のカエルに変化するような、そんな激変《げきへん》を体験してるように思う。

その時に、精神も混乱の中で世界の深淵《しんえん》をのぞくのだ。あっち側からこっち側へとメタモルフォセスする瞬間にばっくりと開いた世界の亀裂《きれつ》をのぞくのだ。

その亀裂の奥の、無意識の闇《やみ》を私はずっと見つめてきた。あの、垣間見《かいまみ》た地割れの奥に何があるのかを知るために、旅をしたり、本を読んだり、人と会ったりしてきたのだ。

このエッセイ集は、思春期の宿題への、私なりの解答だ。

もうすぐ夏休みも終わる。宿題をためこみすぎた。

必死で解かないと、もうすぐ、秋である。

二〇〇〇年八月三〇日
田口ランディ

文庫版あとがき

この本を出版してからおよそ三年が経ちまして、文庫にしていただきました。

いやあ、それにしてもこの三年の間に、地球にはいろんなことがありました。……と、こんな感想を述べたくなるほど、世界は変わったなあ、と、つくづく思います。

ここに掲載されている文章を書いた頃は、自分と自分の身近な問題が興味の対象でした。それが、ニューヨークのテロ事件が起こり、拉致《らち》被害者が帰国して、戦争が相次ぎ、私の目玉は強引にぐいぐいと押し広げられた感じです。あんまり目を剝《む》きすぎたので、逆になんにも見えなくなってしまった。世界は近いけどやっぱり遠い。自分と世界の遠近感がわからなくなって、私はこの三年間、なんだかすごく不安だった。いつもそわそわ落ち着かない。なにをしていいのかわからないのに焦《あせ》ってる……そんな気分。こうしちゃいられないが、いったい私に何ができる？　何かしないといけない、でも、何もできず空回り。そういう自分が、ちょっとしんどかった。

それでも、どんな状況にすら人は慣れていくもので、ようやくこの頃、自分の生活の方にもう一度じっくりと目を向けてみようと思い始めたところです。戦争って、ものすごく人を興奮させる。この私ですら腰が浮いていた。田舎でちまちまと過ごしている私ですらこうなんだから、もしかしてたくさんの人たちが、同じように漠然と不安を感じているのかもしれない。

久しぶりに、自分の文章を読み返して、ああ、ものすごく素朴に等身大で世界を見ていたなあ、って、照れ臭いようないじらしいような、妙な気持ちになりました。この三年間、私は無理に世界に目を向けようとして、かえって混乱していた。もちろん、広い視野は必要だけれど、世界をくまなく自分の視野に置くなんて無理なのだ。そのことを潔《いさぎよ》く諦《あきら》めて、わかることから一つずつ、地道に世界をほどいていこう。そんな思いを新たにしました。

たとえなにが起ころうと、生きている限り人は生活していく。

ささやかなことを喜ぶ心だけが、強大な暴力を無化できる。そんな気がしています。

文庫化にあたっては、新潮社の北村暁子さんにたいへんお世話になりました。ありがとうございました。

二〇〇四年一月
田口ランディ

この作品は二〇〇〇年十月晶文社より刊行された。

できればムカつかずに生《い》きたい

新潮文庫　た－75－1

平成十六年三月一日発行

著者　田《た》口《ぐち》ランディ

発行者　佐藤隆信

発行所　株式会社新潮社

郵便番号　一六二―八七一一
東京都新宿区矢来町七一
電話　編集部(〇三)三二六六―五四四〇
　　　読者係(〇三)三二六六―五一一一
http://www.shinchosha.co.jp

価格はカバーに表示してあります。

乱丁・落丁本は、ご面倒ですが小社読者係宛ご送付ください。送料小社負担にてお取替えいたします。

印刷・錦明印刷株式会社　製本・錦明印刷株式会社

ISBN4-10-141231-6 C0195